WALDEMAR HAHN
INSPEKTOR ALEXANDER
KRIMINALROMAN

Gewidmet:
Menschen,
die tagtäglich selbst ihr Leben
aufs Spiel setzen,
um die Rechte der anderen
Menschen zu schützen.

Und Menschen,
die trotz alledem ehrlich ihre
private Unternehmen
aufgebaut haben

Der Roman beruht auf
wahren Begebenheiten
Die Namen von Personen und
Ortschaften sind frei erfunden

Waldemar Hahn

INSPEKTOR ALEXANDER

Teil II

Spuren Bleiben

Kriminalroman

Bibliografische Information der deutschen Bibliothek
Die Deutsche Bibliothek verzeichnet diese Publikation
In der Deutschen Nationalbibliografie;
detaillierte bibliografische Daten sind im Internet über
http://dnb.ddb.de abrufbar

Inspektor Alexander, Teil II

ISBN: 978-3-7469-1133-5 (Paperback)
978-3-7469-1134-2 (Hardcover)
978-3-7469-1135-9 (e-Book)

Printed in Germany. Alle Rechte beim Autor

Verlag: tredition GmbH, Hamburg

PROLOG

Inhalt

PROLOG

Autor erzählt von brutalen Erlebnissen der Bürger
der ehemaligen Sowjetunion beim Untergang des
Sozialismus und der Entstehung der Volkswirtschaft,
die sich auf dem privaten Eigentum, entwickeln
sollte, nämlich Kapitalismus.

Der Verfasser erfuhr von Alexander, wie er viele
Jahre mit Marcus Wagner, Thomas Ring und
anderen Kollegen Verbrechen gegen Personen
(Mord, Körperverletzungen, Vergewaltigungen)
gegen Korruption, einschließlich Bestechung und
viele andere Verbrechen ermitteln hat, aber an das,
was er und seine Kollege in 90. Jahren mit ansehen
und mit kennen lernen mussten, hatten sie nie zuvor
einmal im Traum gedacht.

Sie begegneten Fälle, in denen die Gründer der
privaten Unternehmen durch Diebstahle,
Ermordungen, Korruptionen beraubt wurden; anders
kann das auch nicht genannt werden.

Mit besonderer Grausamkeit wurde ihnen ihr
Vermögen durch die Geschäftsführungen der
Banken, Beamten von Gerichten, der
Staatsanwaltschaft, des Innenministeriums,

Staatssicherheit, Zollbeamte und selbstverständlich durch Inspektoren der Steuerbehörden ausgeraubt.

Es geschah wie in der Natur: Wo ein schwaches Tier die Beute dem starken Tier abgeben muss.

Wer freiwillig nicht ausscheiden wollte, bezahlte mit dem Leben oder mit dem der Familienmitglieder. So bildete sich auch das Prinzip: »Ein toter Mensch macht keine Problemen.«

Nach und nach wurden immer mehr Beamte und einschließlich hoch gestellte Beamte in die Privatisierung des Vermögens einbezogen.

Die Beamten machten ihre verbrecherischen Geschäfte mit Händen der Bankier und der privaten Unternehmer und sogar mit Händen der Personen, die viele Jahre Freiheitsstrafe abgebüßt haben.

Und die hoch gestellte Beamte wurden von ihren Untergeordneten aus den Diebesbeuten versorgt, das allmählich auf Strohmänner legalisiert wurde.

Das war die Zeit als jedes Mittel zu recht geworden war, um sich zu bereichern. Alles lief nach dem Prinzip, das selbst die hoch gestellte Beamte folgendermaßen formuliert haben: »Jede Handlung, die nicht verboten ist, ist legitim.«

Beamte, die unter Zuneigung zur Korruption, zur Bestechung und zu allen möglichen Aneignungen des fremden Vermögens gelitten haben, nutzten ihre staatliche Macht aus, um die private Unternehmer auszubeuten und ihr Vermögen (Geld) an sich zu reißen.

In vielen Fällen wurden die Beuten durch Ermordungen geholt.

Und gleichzeitig bis in die akribische Schilderung der leidenschaftlichen Liebe führt der Autor seinen Lesern vor Augen, dass trotz der Herrschaft in der Gesellschaft der Gesetzlosigkeit, der Ungerechtigkeit und der Grausamkeit das Leben der Menschen weiter gegangen war.

Waldemar Hahn
Marsberg, den 14. 02. 2018

Erstes Buch

I

21. August 1991 der private Unternehmer Herr Joseph Bernstein rief bei der Polizei an und meldete Diebstahl der Angorawolle von 8,5 Tonnen durch Einbruch in den Warenlager seines Unternehmens.

Die Wolle war in 92 Packen bzw. Ballen eingepresst, die von 92 bis 95 kg je Stück gewogen haben.
Das war ein Schaden von 425 000 Rubel (8500 kg * 50,00 Rubel je 1. kg = 425 000 Rubel). Der Schaden wurde mit dem durchschnittlichen Einkaufspreis ermittelt.

Für die Untersuchung des Diebstahls wurde eine Gruppe von Inspektor Alexander und Thomas Ring, Untersuchungsrichter – Andre Steingold, Inspektor der Kriminalpolizei – Marcus Wagner, zwei Kriminalisten – Otto Meer und Boris Silber sowie vier Polizisten gebildet.
An der Spitze der Gruppe stand Inspektor Alexander. In eineinhalb Stunden war die Gruppe vollzählig am Tatort: Warenlager vom

Unternehmer Joseph Bernstein, der sich in der Stadt Terekburg befunden hat.

Andre Steingold und Alexander stellten die äußerlichen Grenzen für die notwendige Ansicht fest, die von den vier Polizisten überwacht wurden. Währenddessen gingen Andre Steingold, Inspektor Marcus Wagner, Otto Meer und Boris Silber sowie Alexander und Thomas Ring unverzüglich an ihre Arbeit.

Die Besichtigung des Tatortes fingen sie im Umkreis von mehr als 120 Meter an. So sind sie nach und nach an das Gebäude vom Warenlager gekommen.

110 Meter vom Warenlager in der Richtung auf das Brachland gelang es ihnen auf dem Feldweg Reifenspuren sowohl eines LKWs als auch eines PKWs zu finden.

Der Feldweg lag dem Abhang hinunter, eher ein wenig bergab, sodass die Diebe die Packen aus Angorawolle zum LKW rollen konnten. Beim Umdrehen der Packen von einer auf die andere Seite sind auf der Erde Spuren geblieben.

Unter Anwendung des Gipses machten die Kriminalisten Gipsabgüsse bzw. Abdrücke von den Reifenspuren, um die Identifizierung der Autos durchzuführen.

Die zwei Türe des Warenlagers wurden eingebrochen. Im Raum wurden zwei metallische Brechstangen gefunden. Auf beiden Brechstangen fanden die Kriminalisten Fingerabdrücke auf, die für die Daktyloskopie geeignet waren. Und Experten konnten damit später die Täter identifizieren.

Schon von der Besichtigung des Tatorts zogen die Ermittler eine Schlussfolgerung, dass es mindestens 6. Täter waren, die für den Diebstahl einen LKW und einen PKW benutzt haben.

Da auf den beiden Brechstangen Fingerabdrücke hinterlassen wurden, zogen die Ermittler einen Schluss, dass die Einbrecher entweder keine Ahnung bzw. keine Erfahrung von der Möglichkeit der Identifizierung der Personen mittels Daktyloskopie haben oder über solche Kenntnisse verfügten, aber aus einem entfernen Ort gekommen waren oder im Rausche gewesen waren und nicht aufgepasst oder keine Handschuhe gehabt haben.

Alexander wurde mit außerordentlichen Befugnissen ermächtigt, laut denen er jeden Polizist von der Kreispolizeirevier unabhängig von Dienstabteilung für die Ermittlungen einsetzen konnte.

Tag und Nacht arbeiteten bis 20 Polizisten, die Gespräche mit Menschen, die in der Diebstahls - Nacht zwischen 22 bis 6 Uhr auf der Straße Maibach – Großpferd – Leninburg - Terekburg PKW und LKW, besonders mit fremden Kennzeichen sahen, durchgeführt haben.

Die Rechenschaften des Leiters vom Warenlager Fabian Wahl wurden aus der Buchhaltung beschlagnahmt. Unverzüglich wurde eine Inventur und dokumentarische Revision angeordnet, die die Höhe des zugefügten Schadens feststellen sollten.

Als die Ermittler mit der Besichtigung des Tatortes zu Ende waren, tranken sie Kaffe und dabei besprachen sie die möglichen Versionen.

Nach kurzer Debatte schlugen Andre Steingold und Alexander vor, zuerst Joseph Bernstein und den Leiter des Warenlagers Fabian Wahl zu verhören, bevor die Versionen aufgestellt werden.

Alexander wandte sich an Thomas Ring: »Thomas, es sind 8500 kg Angorawolle gestohlen. Die Diebe, bevor sie sich zum Diebstahl von solcher Menge Wolle entschieden haben, haben zuerst nach Absatz der Wolle gedacht und alles für den Absatz unternommen.
Von daher ist deine Aufgabe durch deine Informanten heimliche Arbeit bei der Fabrik für die Verarbeitung der Wolle in Siebenzelt durchzuführen. Ich glaube, dort sollte nach einem Mittäter gesucht werden.

Außerdem werden in den letzten Jahren von vielen Privatpersonen Unternehmen gegründet. Deine Aufgabe ist bei solchen Unternehmen nach dem möglichen Absatz der Angorawolle zu suchen.

Unter anderem sollten wir die Inszenierung des Diebstahls durch den Leiter des Warenlagers Fabian Wahl mit dem Unternehmer Joseph Bernstein nicht ausschließen, d. h. überprüfen.

Thomas, als erste Aufgabe sollst du diese Version abzuarbeiten. Vielleicht ist allen Verkäufern der Wolle das Geld nicht ausgezahlt? Durch den Diebstahl konnte den Verkäufern die Auszahlung verweigert werden.«

Thomas Ring hat seine Aufgabe verstanden. Er war enger vertrauerter Geheiminspektor von Alexander. Auf ihn konnte sich Alexander völlig verlassen.

Die beiden haben bis jetzt viele Verbrechen mit Erfolg ermittelt.

Bei der Vernehmung lernten Andre Steingold und Alexander vortrefflich Joseph Bernstein und Fabian Wahl kennen.

II

Beim Verhör erzählten weder Joseph Bernstein noch Fabian Wahl vom Diebstahl, der vor einigen Jahren aus der Kasse des Bahnhofs in Siebenzelt begangen worden war.

Deshalb musste Alexander unter vier Augen mit Joseph Bernstein über Torsten Klein und Sven Mieder reden und fragen, ob sie mögliche Diebe sein können. Solche Gespräche nahm er nicht zu Protokoll.

Auf die Frage von Alexander antwortete Joseph: »Ich kann es nicht wissen. Mit den beiden habe ich niemals eine Fühlung gehabt. Nach dem Gerichtsverfahren sah ich sie niemals und womit die beiden beschäftigt sind, interessiert mich gar nicht.«

Alexander stand im vertraulichen Verhältnisse mit Joseph Bernstein, weil er ihn, wie viele andere Vorbestrafte, bei der Gründung der Unternehmen unterstütz hat. Er half ihnen bei der Erstellung aller Unterlagen, weil bei den Behörden Bürokratie und Erpressung herrschten.

Alexander gab ihnen sogar Erlaubnisse für den Erwerb, die Aufbewahrung und das Tragen der Waffen zum Schutz vor Räuber, Erpresser und anderen Verbrecher.

Er war der Meinung, dass viele Beamte der Polizei, der Staatsanwaltschaft, der Justiz, der Sicherheitsorganen sowie der Organen der Kommunistischen Partei und der Sowjetmacht als Mitbeteiligte mit Tätern sogar Leiter der kriminellen Banden gewesen waren. Und nach ihrem Staatsdienst haben sie zur Verfügung Waffen.

Für Alexander waren solche Beamte nicht besser als die Vorbestrafte, deren Freiheitsstrafe durch Zeitablauf verjährt wurde. Er sagte oft, dass jedem Mensch, einschließlich einem Vorbestraften das Recht auf Verteidigung seiner Rechte und seines Leben zusteht.
Die Vorbestrafte wussten davon und haben dafür vor ihm Respekt gehabt.

III. Ankunft der Beamten von Innenministerium

Diebstahl von besonders großer Menge der Angorawolle zog auf sich die Aufmerksamkeit nicht nur in der Verwaltung des Innenministeriums über Gebiet Siebenzelt, sondern auch im Innenministerium der Republik.

Schon am dritten Tag waren Oberinspektor der Kriminalpolizei des Innenministeriums Jan Marx und Oberinspektor der Kriminalpolizei der Verwaltung des Innenministeriums über Gebiet Siebenzelt Ingo Kleister beim Polizeirevier des Kreises Maibach erschienen.
Sie waren dem Kriminalpolizei des Kreises Maibach zugeordnet, um bei der Ermittlung des Diebstahls Hilfe zu leisten.

Sie mischten sich in die Ermittlungen der Gruppe, an deren Spitze Alexander stand, nicht ein, und haben sich entschieden die Ermittlungen selber, sozusagen separat, durchzuführen.
Aber dafür haben sie zunächst alle bereits vorhandene Protokole und Akten über den Diebstahl durchgearbeitet.

Sie waren der Meinung, dass der Diebstahl der großen Menge der Angorawolle selbst von Joseph Bernstein organisiert wurde, der zusammen mit dem Leiter des Warenlagers und noch irgendwelcher Komplicen die Angorawolle abgesetzt und jetzt den Diebstahl inszeniert haben.

Drei Tage lang verhörten Jan Marx und Ingo Kleister den privaten Unternehmer Joseph Bernstein und den Leiter des Warenlagers Fabian Wahl.

Sie verdächtigten die beiden, weil sie, erstens, vorher wegen Diebstahl vorbestraft waren, und, zweitens, weil sie in verwandtschaftlichen Beziehung zueinander standen.

Aber sowohl in den Aussagen von Joseph Bernstein als auch in den Aussagen von Fabian Wahl gab es keine nutzbringende Information über irgendwelche Kontakte mit kriminellen Personen, die man bei der Ermittlung des Diebstahls verwenden konnte.

Alexander sah, dass Joseph Bernstein und Fabian Wahl bei den Vernehmungen schon lange Zeit unter Druck gesetzt worden waren. Deshalb sagte er am dritten Tag den beiden Oberinspektoren, dass bei solchem Verhör Joseph Bernstein und Fabian Wahl sich versprechen können oder sogar sich selbst bezichtigen können. Von solchen Aussagen der beiden können die Ermittlungen in eine Sackgasse geraten bzw. in eine Verlegenheit gebracht werden.

Zwischen Alexander und den Oberinspektoren gab es Streit über die Methoden der Ermittlungen des Diebstahls.

»Herr Marx , Herr Kleister, wenn Sie uns wirklich helfen wollen, den Diebstahl zu ermitteln, dann sollten wir alle unsere Arbeit mehr kooperieren, nämlich mehr Zusammenarbeit leisten.

Ich glaube, dass wir zugleich bzw. parallel eine Mehrzahl der Versionen abarbeiten sollen und nicht drei Tage nacheinander zwei Menschen immer wieder Verhören. Was bringt das?«, sagte Alexander ihnen.

Die Kontroverse erregte bei den Oberinspektoren Marx und Kleister Verdacht über Prinzipienlosigkeit oder eher über Unredlichkeit von Alexander bei den Durchführungen der Ermittlungen.

Aber Alexander verließ sich auf eigene Kenntnisse und auf eigene Erfahrung hinsichtlich der Ermittlungen der Verbrechen und leitete die Gruppe weiter.

Inzwischen arbeiteten Oberinspektoren Herr Marx und Herr Kleister die Kontakte von Alexander zu Joseph Bernstein, Fabian Wahl und anderen privaten Unternehmer ab, die früher wegen Verbrechen vorbestraft waren, weil sie erfahren haben, dass Alexander die Vorbestrafte bei den Gründungen der Unternehmen unterstützte.
Bei ihnen erregte sich Verdacht, dass Alexander den Vorbestraften gegen Bestechungsgelder geholfen hat. Im Gegensatz zu ihnen und zu vielen anderen Inspektoren der Kriminalpolizei unterstützte Alexander die Vorbestrafte, um mit ihnen eine Fühlung aufzunehmen, und irgendwann von ihnen irgendwelche Informationen über Verbrecher zu bekommen.

IV

Alexander praktizierte schon immer möglichst mehr Arbeit unmittelbar nach dem Verüben des Verbrechens bzw. nach der Meldung des Verbrechens durchzuführen, um an frische Spuren zu kommen, an frische Informationen von Leuten zu gelangen, denn mit der Zeit wischen sich die Spuren am Tatort ab, und die Erinnerungen der Menschen schwinden allmählich aus ihren Gedächtnissen.

Er gab wieder und wieder den Polizisten Aufgabe Unterhaltungen, Gespräche mit Leuten durchzuführen, um Augenzeuge festzustellen, die in der Nacht der Tat zwischen 24 und 6 Uhr auf der Straße: Maibach-Großpferd-Leninburg-Terekburg PKW und LKW mit fremden Kennzeichen sahen.

Am dritten Tag wurden Augenzeuge Oliver Breitner und Lara Breitner festgestellt, die um 3. Uhr nachts aus Großpferd nach Maibach fuhren und einen PKW sowie einen LKW überholt haben.

Die beiden wurden sofort vom Alexander verhört.
An den beiden Autos waren fremde Kennzeichen, nämlich aus anderem Kreis des Gebietes Siebenzelt. Das merkte sich Frau Lara Breitner, die auf dem Passagier-Sitz vorne saß. Außerdem behielt sie im Gedächtnis die

Buchstaben und die zwei von vier der ersten Ziffer des Kennzeichens vom PKW.

PKW fuhr vorne und LKW hinterher. Es sah so aus, als ob die Menschen, die sich im PKW befunden haben, den LKW begleitet haben.
Solche Aussagen gaben vernommene Oliver und Lara Breitner.

Aufgrund ihrer Aussagen und der Daten vom Verkehrsamt gelang es den Ermittlern die Buchstaben und Nummernfolge des Kennzeichens vom PKW und folglich seinen Besitzer zu identifizieren.

V

Am vierten Tag nach dem Diebstahl meldeten sich bei Alexander zwei Polizisten der Straßenverkehrskontrolle Herr Jacob Steiner und Herr Florian Dorsch, die erzählten: »In der Nacht des Diebstahls der Angorawolle nach 3 Uhr fuhren ein PKW und ein LKW nacheinander in die Richtung Siebenzelt.
Der Chauffeur vom vorne gefahrenen PKW fuhr zu uns und fragte uns, ob wir einen blauen PKW gesehen haben.

Als wir sagten, dass wir solch einen PKW nicht gesehen haben, verabschiedete er sich mit uns und ist in die Richtung Siebenzelt gefahren. In dem Moment passierte ein LKW den Straßenrand, den wir weder angehalten noch nachkontorolliert haben.

In den darauffolgenden Tagen verstanden wir, dass das ein Manöver vom Chauffeur des PKWs gewesen war, um vom LKW unsere Aufmerksamkeit abzulenken, damit wir ihn nicht anhalten und keinesfalls nachkontrollieren.

Wir dachten nicht, dass der Chauffeur und die Insassen im PKW den LKW begleitet haben. Erst heute fiel uns ein, dass die Leute im PKW den LKW begleitet haben.«

VI

Mittlerweile beauftragte Alexander Inspektor der Kriminalpolizei Marcus Wagner die Alibi von Torsten Klein und Sven Mieder zu überprüfen.

Marcus Wagner gelang es festzustellen, dass die beiden nach dem Abbüßen der Freiheitsstrafe vom privaten Unternehmer Olaf Heuer als Wachmänner eingestellt wurden.

Sie wohnen in der Stadt Siebenzelt und sind nicht verheiratet. Die Nachbarn von Sven Mieder Wilhelm Donner und Jasmin Donner erzählten ihm, dass in der letzten Zeit hin und wieder zu ihm eine unbekannte Frau zu Besuch gekommen war.

»Ich habe sie schon viermal morgens gegen 8 Uhr gesehen. Deshalb bin ich der Meinung, dass sie bei ihm übernachtet hatte. Einmal sah ich sie abends Betrunken. Sven nannte sie mit Vorname Nicole,« sagte Jasmin Donner.

22

»Frau Donner, wenn ich Ihnen von dieser Frau ein Foto vorlege, können Sie die Frau auf einem Foto erkennen?«, stellte ihr die Frage Marcus Wagner.

»Ich glaube, ja.«

Marcus Wagner verabschiedete sich von Wilhelm und Jasmin Donner und fuhr nach Maibach. In diesem Augenblick fiel ihm gar nicht ein, dass die Frau mit Vorname Nicole die Ehefrau von Fabian Wahl sein kann.

Bei der Ankunft in Polizeirevier berichtete er Alexander über Gespräch mit den Nachbarn von Sven Mieder.

»Du sagst, sie heißt Nicole? Marcus, hast du vergessen, dass die Ehefrau von Fabian Wahl auch einen Vorname Nicole hat. Soweit mir bekannt ist, ist sie eine Alkoholikerin und geht leicht fremd,« korrigierte ihn Alexander.

»Alexander, da hast du Recht. Wahrscheinlich mache ich eine Kopie von der Forme 1. vom Paas der Frau Nicole Wahl. Auf der Karte ist doch ihr Foto. Das Foto zeige ich der Frau Donner,« stimmte Marcus zu.
»Wenn du Zeit hast, dann mach das schon morgen,« ordnete Alexander an.

Am nächsten Tag erschien Marcus Wagner mit dem Foto von Nicole Wahl bei Eheleuten Wilhelm und Jasmin Donner. Die letzte erkannte sie und sagte: »Gerade diese Frau sah ich mit Sven Mieder.«

Markus glaubte selber nicht, dass Nicole irgendwelche Mitbeteiligung am Diebstahl haben kann.

Aber er war ein Kriminalpolizist und sein Beruf lernte ihn, dass man in solchen Fällen Nicole abarbeiten muss, um alle Personen festzustellen, mit denen Nicole im Privatleben verkehrt.

Aus eigener Erfahrung wusste er selbst, wie das wichtig für die Ermittlung des Verbrechens ist, und er wusste auch, dass Alexander ihn fragen wird, ob er ihr vertrautes Umfeld, nämlich ihren Freundes- und Bekanntenkreis festgestellt hat.

Markus vergas niemals die Lehre von Alexander: »Um auf die Spuren der Verbrecher erfolgreich kommen zu können, sollte man oft außer dem Freundes- und Bekanntenkreis auf Personen suchen, die im Schatten von der ermittelten Person stehen, und von ihrem Verkehr niemand weiß.«

Deshalb verlängerte er seine Dienstreise in Siebenzelt und ermittelte den Freundes- und Bekanntenkreis von Nicole und erkundigte sich zugleich nach Alibi von Torsten Klein und Sven Mieder.

Ihm gelang es festzustellen, dass am Tag und am Abend des Diebstahls Torsten Klein und Sven Mieder Zuhause nicht gewesen waren.

Und die befragte Nachbarn von Torsten Klein sagten: »In den darauffolgenden Tagen sahen sie Torsten Klein auch nicht«.

VII

Inzwischen rief Konrad Lasche bei Olaf Heuer an und fragte ihn: »Olaf, ist dir bekannt, dass in Maíbach zwei Inspektoren der Straßenverkehrskontrolle Brendan Kram gesehen haben?«

»Ich höre davon zum ersten Mal. Wo und wie ist das passiert?«, böswillig fragte Olaf Heuer.

»Als die Jungs unterwegs aus Terekburg nach Siebenzelt mit Angorawolle gefahren waren, standen am Straßenrand von Maibach zwei Inspektoren der Straßenverkehrskontrolle und Brendan Kram fuhr zu ihnen, um ihre Aufmerksamkeit vom LKW abzulenken, damit sie den begleitenden LKW mit Angorawolle nicht anhalten. Davon erzählte mir Torsten Klein,« antwortete Konrad Lasche.
»Wann hat Klein dir davon erzählt?«, fragte Olaf zurück.

»Er hat mir davon am Tag des Ankommens erzählt, nämlich als sie die Wolle bei der Fabrik entladen haben,« besorgt antwortete Lasche.
»Gut, dass du mir davon jetzt mitteilst. Warum informiertes du mich nicht sofort? Ich muss Mal mit Torsten Klein darüber reden«, sagte Olaf.

»Wenn Olaf mit Sorge nachgefragt hat, dann kann es zu Problemen kommen,« überlegte sich Lasche.

Olaf Heuer hat vergessen, dass Torsten Klein schon vor ein paar Wochen Urlaub beantragt hat.
Nach dem Zurückkehren aus Terekburg fuhr er ohne jemandem etwas zu sagen nach Abstiegburg zu Besuch seiner Freundin Elke Stahl.

Von der Torstens Abwesenheit wurde Olaf wütend. Olaf wollte den Diebstahl der Angorawolle von Joseph Bernstein nicht begehen. Aber Konrad Lasche überredete ihn den Diebstahl zu verüben, obwohl er wusste, dass 50% des Erlöses von dem Diebstahl er an Olaf Heuer als Schutzgeld für eine vermeintliche Erpressung bzw. Nötigung abgeben muss.

Olaf Heuer hatte schützende Beziehung zum Chef der Untersuchungsabteilung der Staatsanwaltschaft des Gebiets Siebenzelt Aaron Goldbarsch, dem er von jedem verbrecherischen Geschäft (Diebstahl, Raub, Erpressung usw.) 20% der Einnahmen als sogenanntes Schutzgeld gezahlt hatte.
Zusammen nahmen sie unter den Schutz diejenige, auf dessen Spuren die Ermittler kamen.
Lasche und alle andere aus der Gruppe mussten von solchen Blamage ihm unverzüglich mitteilen. Deshalb setzte er Olaf Heuer vom Brendans Ertappen in Kenntnis. Würde er das nicht machen, dann hieß es dadurch alle Mitbeteiligte zu verraten.

Olaf zerbrach sich den Kopf über das Motiv von Konrad Lasche zur Verübung des Diebstahls der Angorawolle beim Joseph Bernstein.

Er wusste nicht, dass Lasche eine Geliebte und ein Kind hat, deren Existenz und seine Habgier möglicherweise ihn zum Diebstahl motiviert haben.

Des Weiteren wusste er auch nicht, dass Konrad nach dem Diebstahl durch die Manipulation mit den Preisen für die Angorawolle einen großen Teil der Wolle von anderen Mittätern verheimlichen und für sich viel Geld machen wollte.

Abends fuhr Olaf mit seinem Leibwächter Maik Gordon zur Kasino. Da verbrachte er oft Zeit mit Maik, um mit ihm zu essen und gleichzeitig tauschten sie ihre Gedanken über manche Geschäfte aus. Olaf weihendete Maik in alle verbrecherische Geschäfte ein. Beim Essen erzählte er Maik von Brendan Kram, den die Inspektoren in Maibach gesehen haben.

Maik Gordon ließ niemals jemanden von seinen Mittätern im Leben, wenn er wusste, dass er von einem Mensch gesehen worden war.

Maik schenkte Olaf Gehör und sagte gelassen: »Brendan soll sich jetzt das Leben nehmen.«

»Maik, ich möchte, dass du damit Torsten Klein beauftragst. Sie waren zusammen im Auto und jetzt sollte er sich darum kümmern. Ich weiß nicht, was man in dem Falle machen sollte? Brendan hat sich um uns alle Sorge gemacht,« beauftragte nachdenklich Olaf seinen Leibwächter Maik.

»Olaf, ich habe dich verstanden. Zerbreche dir dein Kopf nicht. Ich werde dafür sorgen,« mit Ruhe antwortete Maik.

»Ich habe Torsten gesucht, aber nicht gefunden. Er hat Urlaub und wo er steckt, weiß ich nicht.

Maik, wie gesagt, die Sache soll Torsten selber erledigen. Du hast belangvolle Angelegenheiten zu erledigen.

Brendan ist nicht von unserem Stachelrand, aber, wie gesagt, er hat es für unseren gemeinsamen Schutz gemacht. Er darf dafür nicht leiden. Torsten Klein soll sich um ihn kümmern. Soweit ich weiß, hat ihn für den Diebstahl Robin Fabel engagiert. Ihn kenne ich von klein auf. Und er ist sehr zuverlässig.

Das heißt, dass Brendan auch ein vertrauenswürdiger Mensch sein soll. Wenn er Angst hätte oder nähme er die gemeinsame Sicherung nicht zu Herzen, dann wäre er einfach nicht angehalten und vorbeigefahren. Was wäre dann passiert, wenn er einfach vorbeigefahren wäre? Die Bullen könnten den LKW mit Angorawolle stoppen.
Weißt du, welche Frage ich stelle,« fraglich redete Olaf.
»Welche denn?«

»Warum gerade Lasche die Initiative zeigte, den Diebstahl der Angorawolle beim Joseph Bernstein zu verüben? Es gibt doch viele andere Geschäfte, wo man weniger Risiko eingehen und mehr Geld machen kann.

Überlege dir mal selber, ob du auf solche Idee gekommen wärest. Ein ganz vollen LKW Angorawolle klauen und mit der gestohlenen Wolle 300 km fahren. Dabei drei Wachposten von Straßenverkehrskontrolle passieren. Ich überlege die ganze Zeit, wie ich meinem Beschützer in der Staatsanwaltschaft zur Aufgabe machen kann, die Akte einstellen und Brendan Kram auf den freien Fuß setzen,« fuhr Olaf fort.

In dieser Zeit wusste Olaf noch nicht, dass an den zwei Brechstangen beim Diebstahl die Fingerabdrücke von Torsten Klein und Max Dunst geblieben sind.

Olaf Heuer fand zu keiner Zeit Zuneigung für Alkohol und respektierte nie Leute, die ihre verbrecherische Geschäfte im Rausche, verübt haben.

Im Moment war er auch nüchtern und sagte zu Maik: »Maik, finde Antonia und sag ihr, dass sie heute bei mir übernachten soll.«

Antonia Prunk war die Geliebte von Olaf. Sie arbeitete im Roulette-Saal des Kasinos als Helferin vom Croupier. Von ihr wusste Olaf stets von den größten Gewinnern.
Gegen 22 Uhr verließen Olaf und Maik Kasino. Nach halbe Stunde kam Antonia Prunk nach Hause zu Olaf.

Maik vergewisserte sich, dass alles in Ordnung ist und verabschiedete sich. Olaf und Antonia duschten sich nacheinander und gingen nach einer Weile ins Bett. Olaf lag auf dem Rücken und Antonia schmiegte sich an

Olaf von der linken Seite an. Sie redeten miteinander und dabei streichelte sie ihn zärtlich mit der linken Handfläche an seiner haarigen Brust und am Bauch.

Sie hatte einen gut gebauten, gewissermaßen ein ausgeschnittenen Körper.

»Olaf, ich bin von all dem müde. Willst du mich irgendwann heiraten oder nicht?«, fragte Antonia ihn mit ihrer sanften Stimme.

»Olaf, mich kotzt es jedes Mal an, wenn ich sehe, wie die unverschämte junge Männer, die wahrscheinlich nicht einmal selbst gearbeitet haben, Millionen Rubel beim Spiel ausgeben bzw. verspielen.

Deshalb bin ich stolz auf dich, dass du solche Verbrecher unter räuberische Erpressung setzt und sie »melkst«,« fuhr Antonia fort.

Die Informationen über solches Individuum bekam Olaf von Antonia, die extra für ihn die Auskunft eingeholt hat.

»Sage niemals jemandem, dass du mich mit solchen Nachrichten versorgst. Solche Spieler sind nicht alleine. Hinter ihnen stehen am meisten Bankier, die Parteigenossen der Organen der Kommunistischen Partei des Gebiets, des Kreises sowie die Beamten der Organen der Gebietssowjet, der Stadtsowjet usw., die Beamten der Staatsanwaltschaft, der Verwaltung des Innenministeriums, der Polizei usw.

Also, hinter ihnen stehen die kriminelle Staatsbeamten und sogar hoch gestellte. Und solche Spieler setzen oft nicht ihr Geld ein. Sollten die Spieler alles auf eine Karte einsetzen und verlieren, dann riskieren sie auch mit ihrem Leben.

Bei ihnen ist das wie eine Kette. Die Beamten von unten nehmen Bestechungsgelder und geben davon einen Teil nach oben den übergeordneten Beamten und die letzte geben einen Teil weiterhin nach oben bis zu den Beamten von Ministerium, von Staatsanwaltschaft, von Zollamt usw.

In jeder Branche werden die Bestechungsgelder von unten nach oben verteilt. Das sind die Gruppen der staatlichen Mafia und die daran Beteiligte unterstützen einander.

Aber wenn jemandem von ihnen die unbestechlichen Bullen auf die Spuren kommen werden, dann werden sie ohne nachzudenken, damit ihnen nichts passiert, im Auftrage der Oberer umgebracht.

Heutzutage sind in der Finanzbranche am meistens als Bestechungsgegenstände die Gelder der neu gestaltenden privaten Unternehmen eher der privaten Unternehmer.

Die Bankier und die Angestellten der Banken sowie die staatlichen Beamten kontrollieren ihre Geschäfte (Erlöse, Gewinne), ihre aufgenommene Kredite, und davon fordern sie von den Unternehmern 50%. Man kann sie mit den Blutegel vergleichen, die auf dem menschlichen Körper sitzen und Blut saugen.

Deshalb wiederhole ich dir, sage niemals jemandem, dass du mir von den Spielern zuflüsterst,« mit Sorge erinnerte er Antonia an Schweigepflicht.

»Wie kommst du darauf? Ich glaube, wir machen gemeinsame Sache. Und wichtig ist, dass ich dich liebe,« liebevoll antwortete sie ihm.

»Ich habe noch etwas zu erledigen. Danach reisen wir zusammen ins Ausland aus und heiraten im Ausland,« sagte herzlich Olaf.

»Und wo willst du mich heiraten?«, erfreut fragte Antonia.
»Wir werden in USA heiraten und dort will ich auch mit dir für immer bleiben,« unwillkürlich gab er Antwort.

Obwohl Olaf Heuer schon lange her für sich und für seine Antonia Prunk die Reisepässe mit Ausreisevisum vorbereitet hatte, wussten die beiden augenblicklich nicht, dass sie bereits nach fünf Tagen heimlich in die USA ausreisen werden müssen.

Ohne aufzuhören schmiegte sich Antonia an Olaf an, küsste ihn auf die Brust, streichelte ihn zugleich mit der linken Handfläche am Bauch und Unterleib und sagte: »Du hast dich gut entspannt! Dein Glied ist schon hart geworden!«

»Weil ich dich liebe. Ich kann niemals,« rührend antwortete Olaf, »gleichgültig auf deinen nackten Körper gucken. Schon allein vom Angucken oder von der Berührung deines Körpers pumpt mein Herz in alle meine Organen so viel Blut ein, dass sich dadurch alle Muskeln meines Körpers anspannen.«

»Bei mir ist genauso. Berühre mal mich an die Lippen und du wirst merken, dass sie schon feucht sind. Mein Unterleib kann kaum erwarten, wann du mir es machst,« sagte sie sanft.

»Du magst doch, wenn ich auf dich rittlings sitze,« sagte Antonia und setzte sich auf Olafs Genitalienbereich.

Ihre Herzen Pumpten das Blut in alle Glieder der Körpern und die zwei fühlten das Glühen ihrer Unterleibe vor Liebe. Auf einen Augenblick befassten sie sich nur mit Liebe und haben eine völlige Erinnerungslücke an allem gehabt.

Liegend auf dem Rücken weich fasste er mit Handflächen ihre Busen um und küsste sie auf ihre Brustwarzen. Er spürte die Verstärkung der Wärme und der Feuchtigkeit ihres Unterleibes und schmiegte sich auch mit voller Kraft an ihre Genitalien an.

Stöhnend bewegte Antonia kräftig ihr Becken auf und ab, als ob sie aus Olaf etwas herauspressen wollte. Umklammert mit Handflächen an die Hinterbacken von Antonia erwiderte Olaf stark die Bewegungen ihren Genitalien entgegen. Nach einer Weile stöhnten die beiden vom Orgasmus.

Nachher lag Antonia auf ihm, küsste ihn auf die Brust und flüsterte leise: »Wie sehr ich dich liebe!«
Dann lagen sie nebenan im Bett und redeten miteinander.

»Olaf, weißt du, wie satt ich von solchem Leben bin? Wenn ich nach Hause komme, wartet niemand auf mich Zuhause,« zärtlich mit Empörung sagte Antonia. »Antonia, wer sollte denn auf dich Zuhause warten?«, schmunzelnd und fraglich sagte er.

»Ich bin eine Frau und möchte eine Familie mit dir haben. Von dir Kinder zur Welt bringen und sie erziehen. Für die Familie kochen, braten, nämlich das Essen vorbereiten und auf dich Zuhause, wie viele andere Frauen, warten,« antwortete Antonia.

»Antonia, du weißt doch selbst, dass das heutzutage nicht möglich ist. Sozialismus ist in unserem Land zusammengebrochen, die staatlichen Unternehmen funktionieren nicht mehr.
Jeder Mensch ist auf sich allein gestellt. Man muss mit etwas das Geld verdienen, sonst überlebt man in dieser Gesellschaft nicht. Überstehen können unverschämte, gewissenlose Menschen, die mehr und mehr Geld durch ihre am meisten rechtswidrige Geschäfte erjagen werden,« sagte Olaf.
»Erjagen?«, fragte verwirrt Antonia.

»Ja, ein privater Unternehmer kann in unserem Land mit rechtmäßigen Geschäften keine Gewinne erzielen. Es ist gut, wenn man hinreichend Geld für die Existenz der Familie verdient. Deshalb begehen viele private Unternehmer rechtswidrige Geschäfte, wodurch sie beim Einkaufen ihre Ware nicht anmelden und dann verkaufen.

Die dadurch erzielte Differenz von Erlösen ist rein ihres Geld, weil sie davon auch keine Steuer an Staat entrichten müssen. Viele klauen die Waren bei anderen Unternehmer.
Für manche ist wichtig die Krise überstehen. Es gibt viele staatlichen Beamte, die illegal auch an irgendwelchen Unternehmen beteiligt sind.

Solche Beamte nutzen ihre staatliche Macht aus, indem sie gegen Schmiergeld den bestechlichen Unternehmer vorteilhafte Aufträge zuteilen; verhelfen ihnen rechtswidrige Geschäfte zu machen, die ihnen Millionen Gewinne bringen.

Solche Verbrecher werden vor nichts zurückgeschreckt. Beim Bedarf machen sie ihre Geschäfte mit Händen der Leute, die Freiheitsstrafe abgebüßt haben. Und sie nennen sich »Neue Russe« oder »Neue Kasache«, obwohl sie keinen Adelsursprung haben.

In der Tat sind sie Verbrecher und unterstützen gegen Bestechungsgelder private Unternehmer, solange sie von ihnen Geld bekommen.

Und nur solche private Unternehmer werden in den Ländern der ehemaligen Sowjetunion Zukunft haben.

Von daher verspreche ich dir, dass wir bald in die USA ausreisen werden. Komm! Gehen wir schlafen,« sagte leise Olaf.

VIII

Maik Gordon wusste, dass Torsten Klein und Sven Mieder gute Freunde sind. Deshalb fragte er Sven schon am nächsten Tag, ob er weiß, wo Torsten Klein ist. Dabei fragte er ihn auch, ob er weiß, dass zwei Inspektoren der Straßenverkehrskontrolle in Maibach bei ihrem Zurückkehren nach Siebenzelt mit Brendan Kram geredet haben.

»Torsten hat mir davon erzählt,« antwortete Mieder.

»Sven, finde Torsten sofort. Er soll sich mit mir in Verbindung setzen,«
beauftragte ihn Maik.

Sven kannte Elke Stahl, die Freundin von Torsten, und ist gleich darauf
gekommen, dass er bei ihr sein kann. Aber er hatte ihre Telefonnummer
nicht und konnte sich nicht mit ihr in Verbindung setzen.

Was sich um Brendan Kram und um ihn her in Siebenzelt abgespielt hat,
konnte Torsten nicht ahnen. Er wusste nicht, dass er dafür jetzt von Olaf
Heuer gesucht und Probleme haben wird.

In dieser Zeit war er mit Elke Stahl und wollte die Zeit richtig genießen.
Torsten ging zu Elke, nahm sie auf die Hände und wollte sie auf das Bett
legen. Neben dem Bett sagte sie: »Torsten, warte mal, ich ziehe mich selber
aus.«

»Ich will dich selber ausziehen,« antwortete er und ließ sie herunter. Im
Stehen küsste er sie auf die Lippen, knöpfte ihre Bluse, Büstenhalter auf
und legte die Sachen auf den Nachttisch.
Er stellte sich auf die Knie vor ihr und knöpfte ihre Hose auf. Gleichzeitig
zog er von ihr den Slip hinunter.

In dieser Zeit half sie ihm sich auszuziehen und berührte ihn mit
Handflächen an der Brust und am Bauch. Er bückte sich zu ihr, nahm sie
zwischen ihren Oberschenkeln an Becken und legte sie auf das Bett, sodass
ihre Beine ausgestreckt nach oben auf seine Schultern gelangen wurden.

Sie war hochgewachsene, schlanke Frau und er drehte sie wie eine Schnecke herum. Im Nu schlugen sich ihre Genitalien übereinander. Ihre Herzklopfen nahmen zu und die Herzmuskeln pumpten mehr und mehr Blut in alle ihre Glieder, die zur Verstärkung ihrer sexuellen Begierde führten.

Die beiden schmiegten sich mit ihren Genitalien mit voller Kraft aneinander. Er küsste sie immer wieder auf ihre Lippen, auf ihre Busen und auf ihre Brustwarzen. Sie lag mit verschlossenen Augen, ergötzte sich an Gefühlen der Begierde, sodass ihr Unterleib immer wärmer und feuchter geworden war.

Vom Kitzeln in ihrem Unterleib zuckten ihre angespannten Muskeln, die sich wie warmer und sanfter Blitz in seinem Gehirn widerspiegelten und zur Verstärkung seiner Erektion und folglich seiner Begierde aufriefen. Das Paar schmiegte sich immer wieder kräftiger an ihre Genitalien und in Kürze bekamen die zwei nacheinander Orgasmus.

Sie lagen noch eine Zeitlang wie gekreuzte und Elke sagte: »Torsten, ich möchte, dass du für immer bei mir bleibst; dass wir beiden eine Familie gründen und Kinder haben werden. Ich bin eine Frau und will Kinder haben.

Wir sind schon viele Jahre miteinander befreundet. Manchmal versprachst du, von hier wegzugehen. Danach gerietst du wegen der Verübung des Diebstahls ins Gefängnis. Nach der nächstfolgenden Freilassung fingst du jedes Mal wieder mit Diebstahl an und so immer wieder fort.«

»Mein Schatz, geb mir jetzt Zeit und dann gehen wir von hier weg,« beruhigte sie Torsten.

Einige Zeit später wurde Torsten vom Schlaf überwältigt und nachher fiel auch Elke in Schlaf.

Um 6 Uhr morgens wurden sie von Sven Mieder, der an der Tür geklingelt hat, aufgeweckt.

»Torsten, du wirst von Maik Gordon gesucht,« sagte ihm Sven.

»Weißt du nicht, worum es sich handelt? Warum sucht er mich?«, besorgt fragte Torsten.

»Ich glaube, es geht um Brendan Kram. Olaf Heuer erfuhr, dass er in Maibach von zwei Inspektoren der Straßenverkehrskontrolle gesehen worden war. Jetzt ist er wütend geworden und beauftragte Maik Gordon Brendan zu finden.«

»Was will er denn von ihm?«, ängstlich fragte Torsten.

»Keine Ahnung, frag besser ihn selbst. Obwohl wir alle wissen, dass man davon nicht fragen darf,« mit Unruhe sagte Sven.

Im Augenblick wusste noch niemand aus ihrer Gruppe, dass Brendan Kram von Alexander vorläufig verhaftet worden war.

IX

Nachdem der Chauffeur vom PKW Brendan Kram, er war auch der Eigentümer des PKWs, festgestellt wurde, beauftragte Alexander die Beobachtungsabteilung von der Verwaltung des Innenministeriums von

Gebiet Siebenzelt, dessen Aufgabe war die Beobachtung der Verdächtigen in Verübung der Verbrechen durchzuführen, den Verdächtigen Brendan Kram zu beobachten.

Seither wurde Brendan Kram von mehreren Beschatter der Dienstabteilung rund um die Uhr, d. h. Tag und Nacht beobachtet.

Davon nichts zu ahnen, traf sich in diesen Tagen Brendan Kram mit seinen Mittätern Max Dunst, Robin Fabel und Holger Pappel.

Durch die Beobachtung gelang es den Inspektoren der Beobachtungsabteilung die Kontakte von Brendan Kram zu den oben genannten Mittätern zu dokumentieren. Und das Nachspionieren wurde dann auch für Max Dunst, Robin Fabel und Holger Pappel beauftragt.

Die Inspektoren der Beobachtungsabteilung stellten fest, dass Holger Pappel sich mit Sven Mieder getroffen hat.

Bei der Ausführung der Beobachtung fuhren die Geheimpolizisten nach Sven Mieder bis nach Abstiegburg mit und stellten das Haus von Elke Stahl fest, bei der gerade Torsten Klein gewesen war.

Brendan Kram wurde vorläufig verhaftet und als Verdächtiger am Diebstahl der Angorawolle aus dem Warenlager in Terekburg des privaten Unternehmens Joseph Bernstein verhört.

Vor dem Verhör kündigte Alexander Brendan Kram an, dass er am Diebstahl der Angorawolle verdächtigt sein wird.

Dann erklärte er das zustehende ihm Recht auf Verteidigung von einem Rechtsanwalt und erläuterte ihm sowohl die mildernde als auch die erschwerende Umstände des Verbrechens, die vom Gericht bei der Bestimmung der Strafe nach dem StGB berücksichtigt werden.

Brendan Kram hörte aufmerksam zu und sagte nach einer Weile: »Ich habe mit dem Diebstahl nichts zu tun. Ich brauche keinen Rechtsanwalt. Vom Diebstahl höre ich zum ersten Mal.«

Der Augenblick, in dem Brendan Kram aufmerksam zugehört hat und danach mit der Antwort zögerte, fiel Alexander in die Augen auf. Alexander hat verstanden, dass Brendan nicht offenherzig ist. Beim ersten Verhör legte Brendan Kram kein Geständnis ab.

Er war kein Vorbestrafter, aber benahm sich furchtlos, als ob er am Diebstahl nicht beteiligt gewesen war und darum habe er keine Angst vor Justiz um die Bestrafung. Brendan hatte Freunde vom Kreis der Vorbestraften, die Freiheitsstrafe abgebüßt haben, und lernte etwas von ihnen über das Benehmen im Gefängnis kennen.

Aber das theoretische Lernen und das adäquate Benehmen der nicht Vorbestraften tat sich vom Verhalten der Vorbestraften, die mehrere Jahre die Freiheitsstrafe abgebüßt hatten, hervor, weil die Letzten sich im Gefängnis auf gewohnte Weise verhalten.

Den Unterschied kennte Alexander nicht schlimmer als die Vorbestrafte und konnte auf Grund seines Benehmens bzw. seiner Antworten bzw. seiner Reaktionen für sich die richtigen Schlussfolgerungen ziehen.

Brendan wusste, dass ein volles Ablegen des Geständnisses über die Mittäter nach den Gesetzen der Vorbestraften zur Freiheitsstrafe zum schlimmsten Verraten gezählt werden; dass dafür die Verräter sehr streng von den anderen vorbestraften Inhaftierten bestraft sein werden; dass die Verräter unter den Vorbestraften sogar zum Tode verurteilt werden können.

In der Zelle befand sich zusammen mit Brendan Kram ein Inhaftierter, der sich als Lukas Bott vorgestellt und sich für einen Dieb ausgegeben hat. Nach 5. Tagen sollte er per Etappe nach Siebenzelt ins Untersuchungsgefängnis abgeschoben werden, weil er in einem anderen Kreis Diebstahl verübt hatte.

So haben sich die beiden kennengelernt. Aber zum Gespräch kam es bei ihnen nicht.

Beim Abendessen fragte Brendan Kram: »Lukas, wie lange darf ich bei der Festnahme in der Haftanstalt gehalten werden?«

»Es kommt darauf an, was für ein Verbrechen du verübt hast und welche Beweise die Bulle gegen dich haben,« aus eigener Erfahrung sagte Lukas Bott.

Nach dem Essen legte sich jeder auf seine Pritsche. Brendan schlief lange nicht ein. Ihm ging seine Mama nicht aus dem Kopf, die im Falle seiner Verurteilung zur Freiheitsstrafe im Hause ganz allein in wirtschaftlich schwieriger Zeit leben wird.

Wie soll sie ohne seine Hilfe auskommen? Nach dem Militär wohnte er zusammen mit Mutter. Im Alter von 14 Jahren verlor er Vater, der an

Krebs verstarb. Er fand keine Arbeit und übte mit dem Auto der Mutter eine Beschäftigung als Taxifahrer aus.

Eines Tages überzeugte ihn sein Kumpel Robin Fabel zusammen mit Torsten Klein, Max Dunst, Holger Pappel und Sven Mieder Diebstahl der Angorawolle zu verüben. Er hat sich dafür entschieden, weil er sich zum Ziel setzte, dadurch Geld bzw. Anfangskapital für Gründung eines privaten Unternehmens zu beschaffen.

Das war die Zeit als viele Menschen, die ohne Arbeit waren, private Unternehmen gegründet haben. Er wollte auch ein Unternehmen gründen, aber verfügte über kein Geld.

Und gerade jetzt in der Untersuchungshaft fiel ihm ein, wohin er hineingeraten ist. Er erinnerte sich an die Ermunterung zum Diebstahl von Robin Fabel.
»Brendan, mein guter Bekannter Torsten Klein will mit seinen Kumpeln eine große Menge der Angorawolle bei einem privaten Unternehmen stehlen. Ich werde mitmachen, um Geld zu verdienen.

Heutzutage findet man keine Arbeit. Ein Studium aufzunehmen, lohnte sich nicht. Viele junge Leute gründen private Unternehmen. Mit ihren Handlungen bzw. Geschäften machen sie mehr Geld als Fachmänner, die zurzeit sehr wenig verdienen oder monatelang ihre Gehälter gar nicht bekommen. Man muss nur Startkapital haben, dann kann man etwas unternehmen,« sprach er damals zu mir.

»Eine Woche später beim Unterhalten mit ihm fragte ich, ob er noch Interesse an meiner Mitbeteiligung am Diebstahl der Angorawolle hat. Und er antwortete mir«: »Ich frage Mal Torsten, ob sie vielleicht jemanden gefunden haben. Falls nicht, dann richte ich aus, dass du zur Mitbeteiligung am Diebstahl bereit bist.«

Er erzählte, dass abends Robin angerufen und gesagt hat: »Wenn du mitkommen willst, dann kannst du dich vorbereiten. Aber unter der Bedingung, dass du uns mit deinem PKW dahin bringen würdest.« Ihrem Plan stimmte ich zu und auf solche Weise wurde ich in die Diebstahlbande hineingezogen.«

Brendan merkte nicht, wie er davon Lucas erzählte und ihn um Rat fragte. Mit der Absicht verhörte Alexander ihn nicht, um mehr Ruhe und Zeit ihm zu geben, damit er über alles mit Lukas plaudern kann. Absichtlich wurde auch Lukas aus der Zelle nicht ausgeführt.

Innerhalb zwei Tage erzählte er sogar, wo die gestohlene Angorawolle bei der Fabrik für die Verarbeitung der Wolle in Siebenzelt entladen worden war.

»Lukas, das ist so gut organisiert. Wir brachten die Wolle zur Fabrik und sie wurde sofort von uns in einen Versteckraum entladen. Robin versprach mir, dass ich nach ein paar Monaten dafür 50 000 Rubel bekommen werde,« erzählte Brendan.
»Du hast gute Freunde,« löblich sagte Lukas.

Am nächsten Tag bekam Brendan aus anderer Zelle ein Schreiben: »Brendan, sag beim Verhör aus, dass du als Taxifahrer geholfen hast und dafür erhieltst du von Torsten Klein eine Belohnung in Höhe von 2000 Rubel. Torsten sagte dir, die Angorawolle sei auf die Bitte von Joseph Bernstein nach Siebenzelt zur Fabrik für die Verarbeitung der Wolle abtransportiert. Und verlange einen Rechtsanwalt.«

X

Torsten Klein und Sven Mieder trafen einmal auf Nicole Wahl, die in der Stadt Siebenzelt zu Besuch ihrer Eltern war.

Sven Mieder kannte Nicole Wahl, mit Geburtsname Ernst von der Schule. Sie waren sogar Klassenkameraden. Vor einigen Jahren machte er Fabian Wahl mit ihr bekannt und die beiden haben geheiratet.

Er wusste, dass die beiden keine Kinder haben; dass Nicole Alkoholikerin geworden ist und geht frivol fremd.

»Nicole, ich wohne jetzt allein. Du kannst jederzeit zu mir zu Besuch kommen. Wir können Mal nach so vielen Jahren gemeinsam wieder Wodka trinken. Meine Adresse kennst du doch?«, schlug Sven vor.

»Ja, deine Adresse kenne ich. Ich wollte heute noch nach Hause fahren. Da du mich einlädst, fahre ich morgen nach Maibach. Ich erledige meine Angelegenheiten und wenn du nichts dagegen hast, besuche ich dich gegen Abend,« erfreut antwortete Nicole.

»Nicole, wenn ich dich einlade, dann meine ich es ernst. Warum sollte ich etwas dagegen haben? Ich werde auf dich warten,« wiederholte Sven.

Gegen 20 Uhr abends kam Nicole zum Sven nach Hause. Wie abgesprochen, wartete er schon auf sie. Er bereitete das Essen und Wodka vor. Sven bot ihr an, nach dem langen warmen Tag in die Dusche zu gehen. Nach dem Duschen aßen und tranken sie Wodka.

»Nicole, bleib bei mir zur Übernachtung,« bot Sven ihr an. Sie war ein nachgiebiger Mensch und zudem war sie schon sehr betrunken gewesen. Sie stand auf, ging zu ihm und setzte sich mit gespreizten Beinen auf sein Schoß.

Sie küsste ihn mit vollem Mund auf die Lippen, schnallte seinen Gürtel auf, knöpfte den Hosenschlitz auf und anschmiegsam streichelte sie mit der Hand über seine Genitalien. Im Nu spürten die beiden ihr häufigen Herzklopfen und Blutzufluss in ihren Körpern.

Durchdrungen vom warmen, harten Glied schmiegte sich Nicole mit voller Kraft an seinen Genitalienbereich an. Die beiden merkten nicht, dass sie nackt waren. Nicole bewegte ihren Becken hin und her, als ob sie aus ihm etwas herauspressen wollte. Und er küsste sie auf ihre Lippen, auf die Busen und auf die Brustwarzen.

Aber die beiden kamen nicht zum Orgasmus, weil sie im Rausche waren. Dann legte er sie auf den Teppich, nahm sie mit Handflächen von unten an Oberschenkeln und an Hinterbacken, legte ihre Beine auf seine Schulter und schmiegte sich immer wieder kräftiger an ihre Genitalien an, sodass sie nach einer Weile vom Orgasmus nicht gestöhnt, sondern geschrien hat.

Ihr gefiel es, sodass sie ihn nachher fragte: »Warum hast du mich damals mit Fabian verkuppelt und selbst mich nicht geheiratet?«

»Erstens, weil ich dich nicht liebte und zweitens, weil ich überhaupt nicht heiraten wollte,« ernsthaft antwortete er.

»Aber wenn ich wüsste, dass du im Bett so ein Riese bist, dann wäre ich besser mit dir gegangen. Wenn ich auch nicht zu deiner Ehefrau geworden wäre, wäre ich jedoch mit dir als deine Geliebte oder deine Nutte oder deine Hure oder noch was weiß ich, geworden, aber nur um Deine zu sein,« sanft und liebevoll sagte Nicole.

»Nicole, du übertreibst. Komm! Gehen wir besser schlafen.«

XI

Die ersten Tage ist Konrad Lasche, der Kaufmann von der Fabrik für die Verarbeitung der Wolle in Siebenzelt, ins Visier nicht gelangen.

Alexander lernte alle Einzelheiten des Verkehrs von Joseph Bernstein und Fabian Wahl. Dafür führte er zusätzliche Gespräche mit Claudia Bernstein durch und danach nahm er und Thomas Ring heimliche Gespräche mit Mitarbeitern von der Fabrik der Verarbeitung der Wolle vor.

Juni 1984 in ehemaligen Sowjetunion herrschte Sozialismus. Familie von Joseph Bernstein wohnte in Maibach. Joseph kehrte vom Militär nach Maibach zurück. Sein Vater arbeitete als Richter und Mutter als Lehrerin in der Schule.

Seine zwei Brüder Jorg und Albert waren verheiratet und hatten Kinder. Joseph war 20 Jahre alt und war in der Familie der jüngste. Er trieb viel Sport und entschloss sich Studium aufzunehmen.

In der freie Zeit von der Arbeit bereitete er sich zum Ablegen der Aufnahmeprüfungen an der juristischen Fakultät der Universität. Dafür wiederholte er Historie von Sowjetunion, Russische Literatur, Russische Grammatik und Deutsche Sprache.

Im Juli legte er mit Erfolg die Aufnahmeprüfungen ab und studierte Rechtswissenschaft an Juristischen Fakultät der Universität.
Wie meisten Studenten wohnte Joseph im männlichen Wohnheim für Studenten der Universität und ernährte sich in der Speisehalle der Universität.

Am sechsten Semester begegnete ihm dort Claudia Wahl, die an ökonomischen Fakultät der Universität studierte. Sie wohnte im weiblichen Wohnheim der Universität und ernährte sich genauso in der Speisehalle der Universität.

Claudia studierte am 4. Semester, aber das war ihre erste Begegnung. Ein paar Tage später traf er sie wieder. Er ging zu ihr, streckte ihr sein Hand und sagte:«Ich bin Joseph.« Sie guckte ihn an, lachte und antwortete: »Claudia.«
Claudia kam ins Wohnzimmer und sagte ihrer Freundin: »Laura, errate mal, wenn ich heute kennengelernt habe?«

Laura war ihre beste Freundin. Sie studierte auch in derselben Gruppe mit Claudia und die zwei wohnten in einem Zimmer des Wohnheimes.
»Wenn denn?«, fragte Laura mit Neugier.

»Es gibt's doch nicht. Er gefiel mir und heute streckte er mir seine Hand, grüßte mich und stellet sich als Joseph vor,« erfreut antwortete Claudia.
»Von wem redest du denn?«, fragte neugierig Laura.

»Von dem hübschen, attraktiven jungen Bursche, der uns vor ein paar Tagen in der Speisehalle begegnet hat.«

»Du hast doch gesagt, er gefällt dir?«, neugierig wiederholte Laura ihre Frage.
»Ja, er gefällt mir sehr.«

So lernten sie sich kennen. Das war Liebe auf ersten Blick und nach einem Jahr heirateten sie. Wenn er sie gesehen hatte, konnte er seine Auge von ihr nicht wenden.

Claudia stammte aus anderem Kreis des Gebiets Siebenzelt. Sie war 3. Jahre junger als Joseph. Hochgewachsene, schlanke, hübsche, attraktive, mit voller Lebenskraft, temperamentvolle Frau. Von Anfang an war sie für ihn wie Sonnenschein.

Als er sie traf, sprangen ihm in die Augen ihre feine Gesichtszüge: Das länglichrunde Gesicht mit großen, dunkel kastanienfarbigen Augen, die von den langen und empor gewachsenen Wimpern noch größer aussahen und hoben zusammen mit den dünnen, bogenförmigen Augenbrauen ihren Charme hervor.

Nachdem sie geheiraten haben, mieteten sie ein Zimmer in einer Wohnungsgemeinschaft für kleine Familien. Da bekam jede Familie ein Schlafzimmer. Küche, Dusche, Toilette nutzten alle Bewohner der WG gemeinsam.
Joseph und Claudia liebten sich und waren sehr glücklich, als ob sie an ihm und er an ihr einen Narren gefressen haben.
Claudias Eltern wohnten in anderem Kreis. Sie hatte einen Bruder Fabian Wahl, der zwei Jahre junger war als sie und an der Hochschule zum Tierarzt studierte.

Er wohnte im Wohnheim der Hochschule und ernährte sich in der Speisehalle der Hochschule. Claudia vergötterte sowohl ihre Eltern als auch ihren Bruder.
Oft kam Fabian zu Besuch zu Joseph und Claudia. Zur Übernachtung blieb er niemals, weil sie nur ein Schlafzimmer gehabt haben.

Ein Jahr später kam bei Joseph und Claudia Sohn Jakob zur Welt. Claudia musste einen akademischen Urlaub auf die Dauer von einem Jahr nehmen.
Zweimal in der Woche abends besuchte Fabian die zentrale Stadtsporthalle, wo er die Selbstverteidigung ohne Waffen (SAMBO) trainierte.

Dort lernte er Torsten Klein und Sven Mieder kennen. Die beiden waren 4. Jahre älter als er und haben wegen Diebstahl 2. Jahre Freiheitsstrafe abgebüßt.

Die beiden arbeiteten als Maurer beim Bauunternehmen »Vorwärts« und trainierten auch dieselbe Sportart.

Am Wochenende besuchte Fabian zusammen mit Torsten und Sven Diskothek, wo er oft Alkohol trank und lernte schlampige Nutten, die unbesehen auf die Personen Sexualverkehr getrieben haben, kennen.

Für Verkehr mit solchen Frauen brauchten sie immer wieder Geld. Ihre Löhne reichten nicht aus und eines Tages verübten sie im Rausche Einbruch in den Kassenraum vom Bahnhof.

Somit wurde Fabian Wahl von ihnen zum Einbruchsdiebstahl hineingezogen. Zu dritt stahlen sie aus der Kasse mehrere Tausend Rubel. Fabian hatte damals seinen Teil vom gestohlenen Geld in der Wohnung von seiner Schwester Claudia Bernstein versteckt.

Als Polizisten das Geld in der Wohnung von Joseph Bernstein gefunden haben, wurde Joseph Bernstein wegen Mitbeteiligung zur Freiheitsstrafe auf Bewährung verurteilt, obwohl er mit dem Diebstahl nichts zu tun gehabt hat.

Joseph Bernstein wurde dafür von der Universität relegiert. Für Joseph und Claudia war das ein schwerer Schicksalsschlag. Joseph wollte wie sein

Vater Jurist sein werden. Ihre Liebe zueinander gab ihnen die Kraft das zu überstehen.

Nach zwei Jahren kam bei ihnen Tochter Sarah zur Welt.

Torsten Klein und Sven Mieder dachten immer, dass Joseph Bernstein sie verraten hatte. Schon nach dem Abbüßen der letzten Freiheitsstrafe tranken die beiden Alkohol und redeten über ihre Vergangenheit.

»Sven, ich glaube der Jurist hat uns damals den Bullen ausgeliefert,« sagte Torsten.

Unter den Vorbestraften war es schon immer üblich gewesen, den gemeinsam Abbüßenden einen Spitzname zu geben. Joseph Bernstein gaben sie den Spitzname »Jurist«, wie er vorher Jura studiert hat.

»Aber ich glaube nicht, dass er solch ein Mensch ist. Guck mal! Vor Gericht hatte er seine Schuld nicht bestritten. Er sagte: »Ich gebe zu, ich habe Fehler gemacht.« Damit stand er für seine Claudia ein,« antwortete Sven.

»Ja, er verteidigte damit seine Gattin und nicht jemanden fremden,« widersprach Torsten.

»Würde er ein Arschloch sein, dann hätte er die Schuld von sich auf Fabian oder auf Claudia verschoben. Für Feiglinge ist es egal, ob dadurch Eltern, Geschwister, Ehepartner oder selbst ihre Kinder beschuldigt und leiden werden. Hauptsache ist, dass sie beiseite bleiben,« überzeugend sagte Sven.

Torsten hasste Joseph und hetzte immer wieder Sven Mieder und sogar seinen leiblichen Bruder Ernst Rüge gegen ihn auf.

Nur Fabian wusste, warum die Polizisten vom Versteck der gestohlenen Gelder erfahren haben. Über den Diebstahl plauderte er im Rausche im Restaurant einem Kumpel alles aus und jemand konnte es mitgekriegt haben.

Fabian erzählte niemals Klein und Mieder davon, sonst wäre er von ihnen dafür bestraft, wie es unter den Tätern gewöhnlich ist.

XII

Laura Lasche, geborene Strecker, war enge Freundin von Claudia. Die zwei studierten 2. Jahre in einer Gruppe und wohnten die ganze Zeit gemeinsam in einem Zimmer des Wohnheims.

Danach nahm Claudia wegen der Geburt ihres Sohnes Jakob einen akademischen Urlaub auf Dauer von 12 Monaten. Obwohl sie Freundin geblieben waren, trafen sie sich sehr selten.

Im Unterschied von Claudia war Laura kein geselliger Mensch. Während des Studiums verkehrte sie privat mit niemandem außer Claudia.

Laura war 2. Jahre älter als Claudia. Sie ließ sich nichts anmerken, dass sie tatsächlich in Joseph verliebt war. Bereits nach dem Studium hatte sie lange Zeit keinen Freund gehabt und war nicht verheiratet. Als bei Joseph und Claudia ihre Tochter - Sarah zur Welt gekommen war, brach sie vor Neid mit Claudia ihre Freundschaft ab.

Sie wohnte in Siebenzelt und arbeitete nach dem Studium bei der Fabrik für die Verarbeitung der Wolle als Wirtschaftlerin. Da lernte sie Konrad

Lasche kennen, der hier als Kaufmann gearbeitet hat. Ein Jahr später heirateten die beiden. Aber sie haben keine Kinder gehabt.

Mit Claudia nahm sie niemals mehr Kontakt auf. Manchmal kriegte sie von irgendwelchen Personen mit, wie Joseph und Claudia glücklich waren und allmählich entstand aus ihrem Neid zu ihr der Hass.

Eines Tages während des Abendessens sagte Konrad: »Die privaten Unternehmen entwickeln sich sehr schnell. Ich arbeite als Kaufmann schon mehrere Jahre und innerhalb dieser Zeit hatte weder ein Sowchos noch ein Kolchos an die Fabrik für die Verarbeitung der Wolle solch eine Menge von Angorawolle verkauft.

Heute sprach mich ein privater Unternehmer aus Maibach an und fragte, ob er an die Fabrik 10 Tonnen Angorawolle verkaufen kann. Das ist doch eine Menge wert und damit kann er einen Erlös von einer Million Rubel erziehen. Heutzutage sind das etwa 600 000 US Dollar.«

»Wie heißt der Unternehmer?«, fragte Laura aus Neugier.
»Ich sah ihn zum ersten Mal. Ich habe seine Unterlagen gelesen. Ein gewisser Joseph Bernstein stand auf dem Angebot,« antwortete Konrad.
Lauras Miene verzog sich nicht und inert fragte sie nur: »Und wollt ihr die Wolle einkaufen?«
Sie sagte Konrad nicht einmal, dass sie sehr gut Joseph Bernstein und seine Frau Claudia kennt; dass Claudia während der Studienzeit ihre beste Freundin gewesen war.

»Weiß ich noch nicht. Er will sie teuer verkaufen. Ich habe gesagt, wir müssen noch den Preis besprechen. Außerdem erkundigte ich mich heute noch bei Bekannten aus Maibach nach seiner Vergangenheit. Er ist ein Vorbestrafter wegen Diebstahl,« antwortete Konrad.

»Kann das ein Hindernis für das Einkaufsgeschäft sein?«, interessant fragte Laura.

»Ich muss darüber mit der Verwaltung der Fabrik reden.«

»Wozu willst du das besprechen? Wenn alle seine Unterlagen in Ordnung sind, dann kauf doch ein,« gab sie Rat.

Obwohl sie Claudia gehasst hat, belebte sich in diesem Augenblick in ihr das Gefühl der Gerechtigkeit. Das war auch vielleicht das Mitleid mit Joseph, der vor einiger Jahren als unschuldiger zur Freiheitsstrafe auf Bewährung verurteilt wurde.

Ihr ging durch den Kopf: »Und nach dem Erlebten verlor das Paar den Mut nicht. Sie bauten mit Erfolg ein eigenes Unternehmen auf. Ich weiß doch auch woher sie die Kraft dafür schöpfen. Die zwei haben einander lieb.«

Konrad hatte seit 2. Jahren eine Geliebte Olga Steinbuch, die vor 6. Monaten einen Sohn von ihm zur Welt gebracht hat. Deshalb entschied er sich anders.

Über das Angebot der Angorawolle von Joseph Bernstein redete er weder mit Laura noch mit jemandem anderen.

Er setze auch niemanden von der Verwaltung der Fabrik in Kenntnis über das Angebot von Joseph Bernstein.

Zweites Buch

I. Olaf Heuer und Maik Gordon

Olaf Heuer war am Ende der siebzigsten Jahren wegen der Leistung des Widerstandes den Inspektoren der Straßenkontrolle des Innenministeriums zu 4.Jahre Freiheitsstrafe verurteilt und musste die 4. Jahre im Gefängnis abbüßen.

Weil er ein Vorbestrafter war, konnte er nach seinem Beruf als Sportlehrer eine Beschäftigung nicht finden. Er wurde sogar als einfacher Arbeiter nicht eingestellt.

Mit großer Mühe und mit Beihilfe von Beamten der Besserungsanstalt des Innenministeriums fand er Arbeit als Arbeiter bei der Ziegelbrennerei.

Während der Perestroika und Glasnost, nämlich am Ende der 80. Jahre, ging die Ziegelbrennerei Pleite und alle Mitarbeiter wurden entlassen. Olaf Heuer hatte seine Arbeit auch verloren.

Im ganzen Land herrschte in der Wirtschaft Chaos. Nach und nach gingen die staatlichen Unternehmen Pleite. Die Arbeitsstellen wurden abgebaut und die Leute gerieten auf die Straßen.

Um sich eine Existenz zu gründen, errichteten viele Bürger ihre eigene Handelsunternehmen.

Diejenige, die von der Sowjetmach sowie noch existierenden Parteimacht unterstütz gewesen waren, mieteten die Gebäude von den ehemaligen Handelsläden, Kaufhäusern, Warenhäusern, Gastronomie, Feinkostgeschäften, Restaurant, Speisehallen.

Manche bauten private Kioske, private Imbisse, private Bare, private Speisehallen, private Speisestuben. Juristisch hießen alle private Unternehmen als kleine private Unternehmen mit beschränkter Haftung.

Die arme Händler konnten sich sowas nicht leisten, weil sie von ihren Handlungsgeschäften (Kaufen und Verkaufen) nur noch ihre Existenz bestritten konnten. Solche Geschäftsleute mieteten eine Zelle für ihre kommerzielle Handlungen auf den sogenannten Basaren.
Menschen, die die kommerzielle Handlungsgeschäfte getrieben haben, wurden als Kommersanten genannt.

Die Kommersanten kauften alle industrielle Ware (Güter) und alle Lebensmittel, einschließlich Nahrungswaren inklusive Alkoholgetränke in China, in der Türkei und in anderen Ländern. Die Waren haben sie nach Kasachstan gebracht und dort verkauft.

Gleichzeitig mit der Entwicklung des privaten Handelskapitals bildeten sich Gruppen bzw. Banden von Personen, die ohne Arbeit und ohne

Startkapital gewesen waren, und keine kommerzielle Geschäfte treiben konnten.

Solche Gruppen bzw. Banden setzten die sogenannte Kommersanten unter Erpressung und raubten von ihnen ihr Geld aus.

Das Geld mussten alle Kommersanten, die die Handlungsgeschäfte getrieben haben, den Mitgliedern der Banden zahlen und ohne Unterschied, ob sie an Theken der Gebäuden oder an Theken der Zelle, von Zuhause, aus Transportwagen ihre Ware verkauft und Erlöse erzielt haben.

Ausgeraubte Kommersanten wandten sich an die Mitglieder der Banden, die sich als Schutzträger nannten, damit die letzte sie unter Schutz nahmen. Dafür zahlten sie den Schutzträgern Schutzgeld. Allmählich bildeten sich auf solche Weise Gruppen bzw. Banden, die gegen die Zahlungen der Schutzgelder die Kommersanten unter Schutz genommen haben.

Olaf Heuer gründete auch ein kleines privates Unternehmen mit beschränkter Haftung. Er stellte sportlich gebildete und gut bekannte Bursche ein, die aus derselben Region – Stachelrand wie er stammten. Manche von ihnen waren Vorbestrafte, wie Torsten Klein und Sven Mieder.

Torsten Klein und Sven Mieder waren nach dem letzten Abbüßen der Freiheitsstrafe ohne Arbeit. Genau wie viele andere Vorbestrafte suchten sie Beschäftigung bei privaten Unternehmen. Sie wurden von Olaf Heuer als Wachmänner eingestellt.

Es war so üblich geworden, dass die Vorbestrafte solche Gruppen mit anderen Vorbestraften, die sie gut gekannt haben, gebildet haben.

Warum?

Die Vorbestrafte kennen die unter den Vorbestraften geltende Gewohnheiten, und die eine von ihnen war immer sehr wichtig: »Niemals die allgemeine Interessen der Gruppe« verraten. Beim Verstoß gegen diese Gewohnheit wurden solche Mitglieder von anderen Mitgliedern hart bestraft: Oft mit der Todesstrafe. Deshalb war ihr Vertrauen zueinander hoch.

Ich habe mich abgelehnt, um meinem Leser deutlich zu machen, warum die Vorbestrafte miteinander Gruppen gebildet haben.

Außer Handlungsgeschäften nahm Olaf Heuer gegen Schutzgelder unter den Schutz diejenige Unternehmer, die von anderen Verbrechern erpresst wurden. Jetzt mussten seine Arbeiter auch oft das Geld aus den Händen der anderen Verbrecher schlagen.

Da Olaf Heuer noch nicht wusste, dass an den beiden metallischen Brechstangen Fingerabdrücke von Torsten Klein und Max Dunst geblieben waren, gab er Aufgabe seinem Beschützer in der Staatsanwaltschaft Aaron Goldbarsch über jemanden von der Wache des Gefängnisses an Brendan Kram eine Notiz übergeben. In dem Schreiben stand:

»Brendan, sag beim Verhör aus, dass du als Taxifahrer geholfen hast und dafür erhieltst du von Torsten Klein eine Belohnung in Höhe von 2000

Rubel. Torsten sagte dir, die Angorawolle sei auf die Bitte von Joseph Bernstein nach Siebenzelt zur Fabrik für die Verarbeitung der Wolle abtransportiert. Und verlange einen Rechtsanwalt.«

Noch an demselben Tag gab er Maik Gordon Aufgabe sich mit Lasche zu treffen und ihm folgende Aufgabe geben: »Konrad, fahre nach Maibach, treffe dich mit Joseph Bernstein und überzeuge ihn beim Untersuchungsrichter eine Erklärung abzugeben, als ob die Angorawolle auf seine Bitte an die Fabrik für Verarbeitung der Wolle abtransportiert worden war, weil er die Wolle an die Fabrik verkauft habe.
Den Kaufvertrag wollt ihr dann später bei der Übergabe der Wolle an die Fabrik für die Verarbeitung der Wolle erstellen.

Und Joseph Bernstein sollte dann bei der zusätzlichen Vernehmung solche Aussage machen. Wenn er seine Aussage verändert, dann bekommt er von uns 200 000 US Dollar für die Wolle und zusätzlich bekommt er von der Fabrik sein Geld per Rechnung nach dem Gewicht und Einkaufspreis. Alle andere Angelegenheiten mit Untersuchungsrichter erledigen wir selbst.«

Auf die Bitte von Konrad Lasche antwortete Joseph: »Herr Lasche, erstens, kenne ich Sie nicht und, zweitens, es ist schon zu spät. Ich habe gehört, heute wurde noch ein Junger, der Max Dunst heißt, verhaftet.

Wie stellen Sie sich das vor, auf Grund meiner Mitteilung über Diebstahl wird ermittelt, sind Leute verhaftet, und ich soll jetzt sagen, dies alles habe ich aus Irrtum gemacht. Ich wurde schon einmal im Leben wegen meines

Schweigens schuldlos vor Gericht gestellt und verurteilt. Ich kann das nicht machen, ich habe Kinder.«

Nach dem Zurückkehren nach Siebenzelt teilte Konrad Lasche davon Maik Gordon mit und der letzte berichtete Olaf Heuer über das Gespräch mit Joseph Bernstein.

Empört über die Antwort von Konrad Lasche sagte Olaf Heuer: »Maik, alles was wegen des Diebstahls vorkam, geschah infolge der Habgier von Konrad Lasche. Er muss dafür zahlen. Außerdem weiß er zu viel. Hast du mich verstanden? Geb dem Sanitäter »Ewald« heute noch die Aufgabe, ihn zu erledigen. Richte die schwerer Jungen aus, sie sollten Brendan keine Schuld geben, sondern ihn im Untersuchungshaft in Schutz nehmen.«

»Ewald« war der Spitzname vom Killer, der von Olaf Heuer angeworben war und im Auftrage von ihm die unerwünschte Gegner ermordet hat. Aber Olaf traf ihn niemals selbst. Für seine Arbeit wurde er gut bezahlt und die zwei waren zufrieden.

»Olaf, ich habe dich verstanden. Lasche muss heute noch verschwinden, sonst kann er auch verhaftet werden,« bestürzt antwortete Maik.
Konrad Lasche stammte aus anderem Gebiet. Ihn lernte Olaf Heuer vor 3. Jahren beim Absatz der gestohlenen Wolle. Immer wieder kaufte er bei der Gruppe von Olaf Heuer die gestohlene Wolle für die Fabrik ein.
»Maik, heute nachts reisen ich, du und Antonia in die USA aus. Außer uns soll davon niemand wissen,« gab Olaf bekannt.

»Verstanden. Wer von uns soll davon Antonia in Kenntnis setzen?«, fragte Maik.

»Niemand. Sie soll Zuhause sein. Wir holen sie ab und werden sofort zum Flughafen fahren. Sie wartet schon lange auf ruhiges Leben,« antwortete Olaf.

Niemand und nichts stand ihnen im Wege in die USA auszureisen. Bei der Ankunft in USA nahmen sie lange Zeit keinen Kontakt mit jemanden auf. Olaf Heuer sorgte schon im Voraus, dass sowohl sein Geld als auch das von Maik sowie auch das von Antonia in die Bank von USA überwiesen worden war.

II

Am nächsten Tag wollte »Ewald« Maik mitteilen, dass nachts seine Aufgabe erledigt wurde. Er vergrab Lasches Leiche außer der Stadt Siebenzelt im Fichtenwald.

Da »Ewald« das Geld für seine Aufgabe im Voraus bekommen hatte, suchte er Maik nicht. Das war bei ihnen auch nicht üblich gewesen, nach der Erledigung der Aufträge Maik zu suchen.

Konrad und Laura Lasche stritten sich oft. Ihre Freunde und Kollegen wussten davon und glaubten, die Streite seien Folge ihrer Kinderlosigkeit. Am Tag seiner Ermordung kam er abends aus Dienstreise und wurde von niemandem gesehen.

Zwei Tage nach dem Mord dachte Laura noch, dass er sich bis jetzt auf seiner Dienstreise befindet. Drei Tage später rief sie beim Unternehmen des Dienstreiseortes an. Sie erfuhr, dass er schon vor zwei Tagen seine Dienstreise beendet hat.

Nachmittags rief Inspektor Thomas Ring an. Laura kannte ihn nicht, aber er stellte sich vor und fragte nach Konrad. Von ihm erhielt sie Kenntnis von der Suche der Polizei nach Konrad, nämlich, dass er als Verdächtiger wegen der Mitbeteiligung an Verübung des Diebstahls gesucht wird.

Dass Konrad eine Geliebte und ein Kind hat, wusste Laura gar nicht. Davon erfuhr sie jetzt selbst von der Geliebten – Olga Steinbuch, mit der vorher Thomas Ring beim Verhör geredet hat.

Sein Verschwinden war für die beiden wie ein Rätsel. Mit ihnen redete er niemals von verbrecherischen Geschäften. Sie haben keinen Verdacht gehabt, dass er auf den Weg des Verbrechens gehen und andere hineinziehen wird.

Inzwischen stellten Ermittler den Aufenthaltsort von Torsten Klein fest und er wurde von Untersuchungsrichter Andre Steingold verhaftet.
Die Experten haben bei der Daktyloskopie seine Fingerabdrücke mit dem Fingerabdruck von einer Brechstange identifiziert.

III. Max Dunst und Holger Pappel

Max Dunst und Holger Pappel stammten auch aus Stachelrand der Stadt Siebenzelt. Olaf Heuer kannte sie schon viele Jahre. Die beiden waren sehr gute Freunde.

Vor ein paar Jahren verprügelten sie einen 3. Jahre älteren Bursche, weil er die Freundin von Holger belästigt hatte.

Als der Bezirksinspektor Peter Krammer davon erfahren hat, sagte er ihnen: »Dafür müsst ihr beide jetzt entweder mit Geld oder mit Freiheitsstrafe bezahlen, weil ihr dem Jungen Körperverletzung angetan habt. Wenn ihr 30 000 US Dollar mir gebt, dann regele ich es selber.«

Da die zwei kein Geld für die Zahlung der Bestechung gehabt haben, wandten sie sich an Olaf Heuer und baten ihn um Hilfe.

Olaf bezahlte für sie das Geld und verschuf ihnen Arbeitsstellen, sodass sie seither tadellos bei ihm arbeiteten.
Olaf kannte Peter Krammer persönlich und wusste von seinen Kumpeln, dass Peter Krammer ein bestechlicher Mensch war.

Olaf Heuer machte Gebrauch von dieser Gelegenheit, um sich an Peter Krammer näher zu kommen. Dafür lud er ihn in sein Auto ein, besprach das mit ihm und gab ihm das Geld selber ab.

»Herr Krammer, mir ist bekannt geworden, dass Sie Max Dunst und Holger Pappel helfen möchten. Die zwei haben einen Jungen verprügelt und Sie wollen ihnen helfen, die Verantwortung wegen der Körperverletzung loszuwerden. Dafür gebe ich Ihnen das versprochene Geld in Höhe von 30 000 US Dollar. Sie brauchen das Geld nicht zählen,« sagte Olaf.

Krammer bekam das Geld und antwortete: »Herr Heuer, ich bedanke mich bei Ihnen. Es ist gut mit solchen Leuten wie Sie Geschäfte zu machen! Ich vertraue Ihnen.«

Olaf gab ihm das Geld in einem Umschlag und dabei redete er mit Krammer, sodass das Gespräch der beiden auf das Tonband aufgenommen worden war. Peter Krammer wusste nicht, dass Olaf die Übergabe des Geldes auf solche Weise dokumentiert hat. Davon wusste auch niemand anderer. Olaf bewahrte das Tonband für sich auf. Seitdem Übergabe des ersten Bestechungsgeldes erledigte Peter Krammer alle Wünsche von Olaf gegen Schutzgeld.

Der Killer »Ewald« war Bruder von Peter Krammer. Er hieß Frank Krammer und wurde von Peter persönlich dafür engagiert.

Durch die Erledigungen der Aufträge von Olaf Heuer beim Schutz vor seinen Gegnern verdienten die zwei Brüder eine Menge von Geld.

Sowohl der Bezirksinspektor Peter Krammer als auch sein Bruder Frank Krammer glaubten, dass sie damit für die Leute und für die ganze Gesellschaft nutzbringende Angelegenheiten machen.

In vielen Fällen kannten sie die Opfer. Die Opfer waren am meisten selber Verbrecher (Mörder, Erpresser, Räuber, bestechliche Beamten, korrupte Bankier).

IV. Torsten Klein

Als Torsten Klein von seiner Freundin nach Hause in Siebenzelt ankam, wurde er sofort abends vom Untersuchungsrichter Andre Steingold verhaftet und nach Maibach in die Untersuchungsanstalt gebracht, sodass er sich mit niemandem von Mittätern treffen konnte.

Am nächsten Morgen fing Herr Steingold mit seinem Verhör an. Inzwischen suchte Alexander und Marcus Wagner nach dem Aufenthaltsort von Max Dunst.

Andre Steingold und Alexander haben sich entschieden zuerst die beiden zu verhaften und vernehmen, bevor die anderen Mittäter festgenommen und vernommen werden.
Warum entschieden sie sich zuerst die beiden zu verhaften?
Weil die Experten der Daktyloskopie unter Anwendung der Fingerabdrücke von den beiden Brechstangen, die am Tatort der

Verübung des Diebstahls gefunden waren, mit den Fingerabdrücken von Torsten Klein und Max Dunst identifiziert haben.

Torsten Klein und Sven Mieder kannten sich von klein auf. Am Ende der siebziger Jahren begingen die beiden als minderjährige eine Serie von Einbruchsdiebstahlen aus den Wohnungen in Siebenzelt.
Deswegen wurden sie für 3. Jahre Freiheitsstrafe verurteilt und büßten die Strafe in Kinderkolonie ab.

In der Kolonie wurden bei ihnen genau wie bei vielen anderen minderjährigen zur festen Gewohnheiten von Lebensweise der Vorbestraften entwickelt.
Jeder Minderjähriger lernte und redete auf Gaunersprache schneller als ein Volljähriger. Bei ihnen bildet sich die Nachahmung nach den kriminellen Autoritäten schneller als bei erwachsenen Menschen. Ihr Benehmen wird nach und nach zur Gewohnheit und sie verhalten sich auf gewohnte Weise.

Wenn sie sich auf freiem Fuße nach dem Abbüßen der Freiheitsstrafe aufhalten, haben sie keine Angst vor Wiederholung der Freiheitsstrafe, weil sie sich, erstens, an das Leben im Gefängnis gewöhnen, und zweitens, weil ihr Wiederkehren, sozusagen die Rückfälle bzw. das Rezidiv, sie allmählich zu Autoritäten machen.
Was solche Leute von der Verübung anderer Verbrechen abhält, das ist der Verlust der Freiheit. Im Gefängnis können die Inhaftierte das Leben nicht genießen.

Ihr Leben wird nach der Lebensordnung der Haftanstalt geregelt. Alexander erwarb solche Kenntnisse schon als Student durch die Wissenschaft Kriminologie. Und während der Arbeit sammelte er auch gute Erfahrung zur Anwendung dieser Kenntnisse.

Nach dem Verhör wurde Torsten Klein in die Zelle des Untersuchungsgefängnisses abgeführt. In der Zelle befanden sich drei vorbestrafte Untersuchungshäftlinge.

Mit einem von ihnen, der den Spitzname »Japaner« hatte, büßte Torsten in der Kolonie die Freiheitsstrafe ab, als er wegen des Diebstahls aus der Kasse des Bahnhofes verurteilt worden war. Ihn kannte Torsten sehr gut und wusste, dass man ihm vertrauen kann. »Japaner« stammte aus dem Kreis Maibach.

In der Kolonie bekam er den Spitzname »Japaner«, weil er sich fast niemals aufregte, gelassen und mit lächelndem Gesicht verhalten hat.

Bevor Torsten verhaftet wurde, wurde per Etappe zusammen mit »Japaner« ein Agent mit Pseudonym »Alter Fuchs« in das Untersuchungsgefängnis eingeliefert. Er war ein enger Vertrauter von »Japaner«. Sie waren lange Zeit zusammen in einer Kolonie und »Japaner« ahnte niemals, dass er ein fachkundiger Agent sein kann.

Alexander gab dem »Alten Fuchs« Legende und beauftragte ihn, wie folgt: »Erzähle den Inhaftierten in der Zelle, dass du zusammen mit deinem

Kumpel vor der Verurteilung zur Freiheitsstrafe beim Durchreisen zur Übernachtung am Stausee im Gasthof »Nord« geblieben seid.

Nachts habt ihr aus einem Auto, das am Parkplatz des Gasthofes stand, einen Rekorder und ein Tonbandgerät gestohlen. Die Sachen habt ihr unbekannten Jungs in Siebenzelt verkauft. Deshalb wird jetzt gegen dich ermittelt.

An Torsten stelle keine Fragen. Interessiere dich nur über deinen Diebstahl, ob die Bulle nach solcher Zeit den Diebstahl von Rekorder und Tonbandgerät beweisen können.
Jede Frage stelle nur an »Japaner« und höre aufmerksam zu, wie und mit welchen Fragen Torsten reagieren wird. Auf solche Weise wirst du in der Tat indirekte Fragen an Torsten stellen.

Der Diebstahl fand wirklich statt und die Diebe sind bis jetzt nicht festgestellt. Sowohl Torsten als auch »Japaner« oder Sven konnten den Diebstahl nicht begehen, weil sie damals im Gefängnis gewesen waren.

Wenn die beiden miteinander reden, höre sehr aufmerksam zu und achte darauf, welche Namen und Spitznamen dabei figurieren werden. Deine Aufgabe ist, ihr Gespräch mir kurz darzustellen.«

»Alexander, ich habe meine Aufgabe verstanden. Und ich habe eine Bitte: Zum Verhör soll mich jemand anderer von den Inspektoren der Kriminalpolizei auffordern,« schlug »Alter Fuchs« vor.

»Mache dir keine Sorge, dich wird ein anderer Inspektor aufrufen und zu mir bringen. Ich vertraue auch nicht allen Polizisten. Nach unserem Gespräch wird er dich wieder in die Zelle abführen. Sollte dich jemand nach deinem Untersuchungsrichter fragen, antworte, dass deine Akte vom Untersuchungsrichte Andre Steingold ermittelt werden.

Erstens, ist Andre Steingold heute mit anderem Verbrechen beschäftigt, und, zweitens, die Untersuchungsrichter führen keine geheime Arbeit durch, nämlich arbeiten nicht mit Agenten. Verstanden?«, beruhigte ihn Alexander.

»Alles klar!«, erfreut und beruhigend gab Antwort »Alter Fuchs«.

Zwei Tage später wurde »Alter Fuchs« zum Untersuchungsrichter aufgefordert und in der Tat traf er sich mit Alexander.

»Alexander, »Japaner« und Torsten sind wie zwei Bruder. Sie reden über alles. Am meisten sitzen sie auf der Pritsche gegenüber und redeten über die Vergangenheit. Wie ich verstanden habe, büßten sie gemeinsam in der Kolonie die Freiheitsstrafe ab. »Japaner« fragte nach Sven. Manchmal nannten sie ihn mit Spitzname »Katastrophe«, teilte »Alter Fuchs« mit. Und »Alter Fuchs« fuhr mit der Darlegung ihrer Rede fort.

»Torsten, gegen mich wird wegen schwere Körperverletzung ermittelt. Jetzt bin ich zu Gerichtsverhandlungen per Etappe nach Maibach gebracht,« sagte dann »Japaner«.

»Ich bin wegen Diebstahl der Angorawolle verhaftet. Sven war auch diesmal mit mir dabei,« antwortete ihm Torsten.

»Wurde er auch verhaftet?«, fragte ihn »Japaner«.

»Das weiß ich nicht. Am Tag meiner Verhaftung waren wir zusammen. Abends kam ich nach Hause. Zuhause wurde ich festgenommen und nach Maibach gebracht. Seither bin ich hier. Wo zurzeit Sven ist, weiß ich nicht,« gab Torsten ihm die Antwort.

»Torsten, du sagst, dass Inspektor Alexander auf eure Spuren gekommen ist. Das ist kein Wunder, dass er euch gefunden hat. An eure Stelle wäre ich niemals nach Kreis Maibach gekommen, um hier Diebstahl der Angorawolle zu verüben. Er kennt doch im Kreis von Ansehen jeden Vorbestraften und versteht seine Sache sehr gut. Vor meisten Vorbestraften hat er Respekt; obwohl er sie früher wegen der Verübung des Verbrechens vor Gericht gestellt hat. Weil er ein gerechter und unbestechlicher Mensch ist.

Wenn er ermittelt, dann geht das Verfahren nach dem Gesetz aus. Beim Vorhandensein des Tatbestandes stellt er Verbrecher vor Gericht. Sollte ein Tatbestand fehlen, dann wird die Akte eingestellt.

Falls ein bestechlicher Inspektor oder Untersuchungsrichter ermittelt, dann hängt der Ausgang des Verfahrens nicht vom Tatbestand ab, sondern von der Geldsumme, die zur Bestechung gezahlt wird.
Beim Vorhandensein des Tatbestandes falsifizieren die Ermittler, um die Akte einzustellen. Sollte ein Tatbestand in der Wirklichkeit fehlen, dann falsifizieren sie das Vorhandensein des Tatbestandes, um Bestechungsgeld

zu bekommen. Danach werden die Akte wieder falsifiziert, um sie einzustellen. Solche Inspektoren oder Untersuchungsrichter sind gefährlich, weil sie unschuldige Menschen vor Gericht stellen können oder die Täter ohne Ende »melken« werden.

Nach und nach verbünden sich solche Inspektoren oder Untersuchungsrichter mit den Tätern, sodass aus solchen Verbindungen organisierte kriminelle Banden entstehen. Das ist auch für solche Diebe wie wir schlimm. Hat man kein Geld, dann ist das Schicksal schon vorausbestimmt: Gefängnisstrafe.

Nachdem er gegen den Bürgermeister des Kreises Mark Wolf ermittelt und ihn gestürzt hatte, wurde er bekannt und hat Respekt sogar vor Pate »Recke«. Sogar Pate nennt ihn als richtiger und gerechter Inspektor.
Ich glaube, er wird euch allen eins auf den Deckel geben,« erzählte »Japaner«.

»Mein Untersuchungsrichter Andre Steingold sagte, dass am Diebstahlort zwei Brechstangen gefunden sind und an einer von ihnen meine Fingerabdrücke festgestellt wurden,« antwortete Torsten.
»Und wie war deine Antwort?«, fragte ihn »Japaner«.

»Das war für mich eine Überraschung. Ich sagte, weiß ich nicht,« hat Torsten auf seine Frage geantwortet.
»Wie seid ihr überhaupt darauf gekommen, im Kreis Maibach solche große Menge Angorawolle zu stehlen?«, fragte ihn »Japaner«.

»Ich erzähle dir. Vielleicht empfiehlst du mir etwas? Das war Idee von Konrad Lasche. Er arbeitet bei der Fabrik für die Verarbeitung der Wolle als Kaufmann. Wir kennen ihn, weil wir durch ihn oft Schafwolle an die Fabrik absetzten. Ich und Sven arbeiten als Wachmänner bei Olaf Heuer. Sein Unternehmen kaufte oft Schafwolle bei privaten Haushalten ein und die Wolle wurde an die Fabrik verkauft. Konrad sorgte dafür, dass die Wolle gegen hohe Preise verkauft wurde. Dafür bekam er einen bestimmten Teil vom Preis.

Vor ein paar Wochen sagte er mir, dass wir viel Geld machen können. An ihn wandte sich ein gewisser Joseph Bernstein, der ein privates Unternehmen betreibt und eine große Menge von Angorawolle an die Fabrik verkaufen möchte. Konrad Lasche schlug vor, die Wolle zu stehlen und an die Fabrik wie eigene vom Unternehmen »Svoboda«, so heißt das Unternehmen von Olaf Heuer, zu verkaufen. Ich sagte ihm, dass ich nur ein Wachmann bin und so eine Entscheidung nicht treffen vermöge; dass er sich an Olaf Heuer wenden sollte,« plauderte Torsten aus.
In diesem Augenblick wusste Torsten noch nicht, dass Konrad Lasche schon umgebracht worden war.

Torsten erzählte weiter: »Ein paar Tage später sagte Olaf: »Torsten, in Maibach wohnt irgendeiner Joseph Bernstein, der über große Menge Angorawolle verfügt. Die Wolle bewahrt er im Warenlager auf. Wir müssen die Wolle heraus stehlen und sofort an die Fabrik für die Verarbeitung der Wolle abtransportieren. Weiterhin sollte sich darum dann Konrad Lasche kümmern. Ich besorge dafür einen LKW.«

72

Ich verschwieg von Olaf, dass ich und Sven Joseph Bernstein kennen. Und sagte nur, dass man genau erfahren muss, wo sich der Warenlager befindet.«

»Mach das sofort, sonst verkauft er die Wolle,« beauftragte mich Olaf Heuer.
»Danach traf ich mich mit Sven und erzählte ihm alles,« stellte Torsten weiter da.

»Sven reiste nach Maibach und traf sich mit Nicole Wahl. Sie erzählte ihm alles über den Warenlager und Angorawolle von Joseph Bernstein,« fuhr Torsten fort.
Das war schon spät und »Japaner« schlug vor, schlafen zu gehen.
Torsten konnte lange nicht einschlafen. Ihm ging durch den Kopf sein Treffen mit Elke Stahl, der er versprochen hat von hier wegzugehen. Und nun ist er wieder im Gefängnis.

V. Max Dunst

Nach dem Verständnis eines nicht unterrichteten Menschen über die Haltung der Häftlingen in der Haftanstalt können die Inhaftierte aus verschiedenen Zellen miteinander nicht korrespondieren. Aber in der Tat ist das anders. Bisweilen ist die Verbindung zwischen Verhafteten in vollem Gange, sodass die Inhaftierte in verschiedenen Zellen übereinander auf dem laufenden sind.

Max Dunst wurde nach dem Festnehmen von Marcus Wagner in das Untersuchungsgefängnis in Siebenzelt untergebracht, damit er mit Torsten Klein nicht verkehren konnte.

Ohne zu zögern, verhörte Marcus Wagner ihn. Vor der Vernehmung erklärte er ihm sowohl die mildernde als auch die erschwerende Umstände, die vom Gericht bei der Verurteilung in Betracht genommen werden.

»Herr Dunst, das Ablegen eines vollen Geständnisses und ihre Kooperation mit uns bei der Ermittlung des Diebstahls gehören zu mildernden Umständen, die das Gericht bei der Verurteilung berücksichtigen wird. Ist das Ihnen klar?«

»Das ist mir klar. Aber mir ist nicht klar welchen Diebstahl ich eingestehen soll. Ich habe keinen Diebstahl begangen,« antwortete Dunst.

»Herr Dunst, in der Nacht vom 20. auf 21. August 1991 wurde Diebstahl der Angorawolle von 8,5 Tonnen durch Einbruch in den Warenlager des privaten Unternehmers Joseph Bernstein in Terekburg Kreis Maibach verübt. Während der Besichtigung des Tatortes waren zwei Brechstangen mit Fingerabdrücken gefunden. An einer Brechstange sind laut der Daktyloskopie ihre Fingerabdrücke festgestellt. Wie können Sie das erklären?«

»Das weiß ich nicht,« war die Antwort von Dunst.

»Herr Dunst, nach dem Diebstahl der Angorawolle trafen Sie sich mit Robin Fabel, Holger Pappel und Brendan Kram. Der letzte ist verhaftet und legte über den Diebstahl der Angorawolle aus dem Warenlager des privaten Unternehmers Joseph Bernstein Geständnis ab. Er erzählte, wie ihr mit ihm im PKW nach Terekburg gefahren seid und dort den Diebstahl begangen habt.«

»Ich habe mit ihm keinen Diebstahl verübt. Ich weiß nicht, wo sich überhaupt der Warenlager, von dem Sie reden, befindet. Und wer sollte mit ihm im PKW gefahren sein, weiß ich nicht,« antwortete Dunst.

»Herr Dunst, der verhaftete Torsten Klein legte während seines Verhörs volles Geständnis ab. Dabei gestand er gemeinsam mit Brendan Kram, Robin Fabel, Holger Pappel, Sven Mieder und ihnen den Diebstahl der Angorawolle aus dem Warenlager des privaten Unternehmers Joseph Bernstein in Terekburg verübt zu haben.

Nach Terekburg in Kreis Maibach seid ihr mit LKW und PKW gefahren. Der LKW wurde vom Holger Pappel gesteuert und mit ihm fuhr Sven Mieder mit.
Sven Mieder wusste den Standort des Warenlagers in Terekburg und deshalb fuhr er mit Holger Pappel mit.

Sie, Torsten Klein und Robin Fabel fuhren mit PKW von Brendan Kram mit, der sein Auto selbst gesteuert hat.
Bei der Ankunft in Terekburg habt ihr die Türe vom Warenlager des privaten Unternehmers Joseph Bernstein aufgebrochen und die Angorawolle aus dem Warenlager auf den LKW aufgeladen,« erzählte ihm Marcus Wagner aufgrund der Aussagen von Torsten Klein.

Dunst hörte aufmerksam zu und dann unterbrach er Marcus Wagner. Ihm ist klar geworden, dass seine Mitbeteiligung an Verübung des Diebstahls aus dem Warenlager von Joseph Bernstein sowieso bewiesen wird.
Deswegen sagte er: »Herr Wagner, ich möchte Geständnis ablegen«.

»Ich arbeite beim Unternehmer Olaf Heuer. Ich erinnere mich nicht, wer mir vorschlug, aus dem Warenlager in Terekburg Angorawolle zu stehlen. Ich kenne den Unternehmer nicht und mich hat auch die Zugehörigkeit der Angorawolle nicht interessiert.

Ich bin zusammen mit Brendan Kram, Torsten Klein und Robin Fabel mit PKW gefahren. Holger Pappel und Sven Mieder sind mit LKW gefahren.

Als wir nach Terekburg gekommen waren, gingen ich, Sven Mieder und Torsten Klein zum Warenlager. Wir guckten das Gebäude an und entschlossen uns die Türe vom Warenlager aufzubrechen. Ich ging zum PKW von Brendan Kram und holte von ihm zwei Brechstangen. Mit ihnen haben ich und Torsten Klein die Verschlüsse der Türe aufgebrochen.
Wir rollten die Packungen mit der Wolle zum LKW und luden sie auf den LKW auf.
Es war sehr viel Arbeit. Wir beeilten uns und dabei vergaßen wir die Brechstangen neben dem Gebäude.
Als wir die Wolle aufgeladen haben, fuhren wir zurück nach Siebenzelt. Beim Zurückkehren standen in Maibach am Straßenrand zwei Inspektoren der Straßenverkehrskontrolle. Brendan fuhr zu ihnen, stieg aus dem Auto aus, ging zu ihnen und fragte die beiden nach etwas.

Er machte den Manöver mit der Absicht, um die Inspektoren abzulenken, damit sie den LKW weder anhalten noch nachkontrollieren. Er redete mit ihnen und als LKW mit der Wolle vorbeigefahren wurde, kam er ins Auto und wir sind weiter gefahren.

Bei der Ankunft in Siebenzelt entluden wir die Angorawolle bei der Fabrik für die Verarbeitung der Wolle. Auf uns hat der Kaufmann von der Fabrik Konrad Lasche gewartet,« legte Dunst sein Geständnis ab.

VI

Die Suche nach Konrad Lasche war erfolglos. Alexander traf Entscheidung für die Durchsuchung seiner Wohnung und der Wohnung von seiner Geliebten Olga Steinbuch.
Alexander berichtete über die Suche nach Konrad Lasche und beauftragte sein Team:

»Ich glaube wir müssen die Wohnung und alle Nebengebäuden von Konrad Lasche und seiner Geliebten Olga Steinbuch durchsuchen. Er hat sich um den Absatz der gestohlenen Angorawolle gekümmert und deshalb ist er Mittäter. Unsere Aufgabe ist während der Durchsuchung nach wertvollen Sachen, Beweisstücken wie z. B. Notizblöcke mit Eintragungen über die frevelhafte Einkaufsgeschäfte, über die Geschäftspartner, Geld usw. zu suchen.

Die Durchsuchung sollte uns helfen bei der Ermittlung weiter zu kommen, sonst sind wir in einer Sackgasse.

Die Schuld von Torsten Klein, Brendan Kram, Max Dunst, Robin Fabel, Sven Mieder und Holger Pappel an Verübung des Diebstahls der Angorawolle wird bewiesen, aber die Schuld von Konrad Lasche und möglicherweise der anderen Mittäter werden wir nicht beweisen können, wenn wir jetzt die Wohnungen und die Nebengebäude von Konrad Lasche, seiner Geliebten und von Olaf Heuer nicht auf den Kopf stellen. Ich gehe stets davon aus, dass die Verbrecher immer Spuren zurücklassen, die wir entdecken und aufnehmen müssen.

Ich möchte, dass wir mit Kriminalisten die Durchsuchungen machen. Thomas, deine Aufgabe ist die Rechenschaften von Konrad Lasche bei der Buchhaltung der Fabrik für Verarbeitung der Wolle für das letzte Jahr durchzugucken. Besonders achte darauf, von welchen privaten Unternehmen Konrad Lasche Wolle eingekauft hatte. Solltest du dabei Fragen haben, wende dich sofort an mich.«

»Alexander, meine Aufgabe ist mir klar. Wan soll ich damit anfangen?«, fragte Thomas nach.
»Schon ab morgen,« antwortete er.

Den ganzen Tag verbrachte Thomas Ring in der Buchhaltung der Fabrik für Verarbeitung der Wolle und lernte die Verkäufer der Wolle, nämlich die juristische Personen (Sowchose, Kolchose, private Unternehmer) von deren Kaufleuten Herr Lasche Wolle, einschließlich Angorawolle für die letzten 6. Monaten eingekauft hat.

Von privaten Haushalten kaufte die Fabrik keine Wolle ein.

Von der geleisteten Arbeit berichtete er Alexander.

VII. Nele Magnet

»Alexander, bei dem Lernen der Rechenschaften von Konrad Lasche stellte ich fest, dass von privaten Unternehmen am meisten Wolle an die Fabrik vom Unternehmen »Svoboda« eingekauft wurde.

Und die Lieferungsunterlagen für die Wolle an die Fabrik wurden jedes Mal von einem gewissen Jacoby Schnittke erstellt.

Für die 6. Monaten verkaufte das Unternehmen durch ihn an die Fabrik mehrere Tausende Kilogramm Schafwolle für Millionen Rubel sowie Tausend Kilogramm Angorawolle für Millionen Rubel.

Das Unternehmen »Svoboda« gehört Olaf Heuer,« berichtete Thomas Ring.

»Thomas, ich verlängere dir deine Dienstreise. Für die Durchführung der weiteren Ermittlung kommen am frühen Morgen zu dir Marcus Wagner und noch zwei Inspektoren von der Kriminalpolizei. Du solltest die Gruppe leiten. Eure Aufgabe ist den Standort des Unternehmens »Svoboda« feststellen und dann:

- Jacoby Schnittke verhören.
- Die Buchhalterin vom Unternehmen »Svoboda« verhören.
- Aus der Buchhaltung alle Rechenschaften vom Jacoby Schnittke beschlagnahmen. Wenn es notwendig ist, machen Sie Durchsuchung im Raume der Buchhaltung.
- Den Unternehmer Olaf Heuer vorläufig verhaften.
- Seinen Leibwächter Maik Gordon vorläufig verhaften.
- Die zwei letzten nach ihrer Verhaftung ins Untersuchungsgefängnis bringen. Die beiden werden von mir und vom Untersuchungsrichter Andre Steingold vernommen.

Thomas, erstatte mir jederzeit Berichte über Ergebnisse der Ermittlung. Sollte erforderlich sein, kommen ich und Steingold zur Unterstützung,« beauftragte ihn Alexander.

Gegen Mittag des nächsten Tages rief Thomas Ring bei Alexander an: »Alexander, das Unternehmen »Svoboda« fanden wir.

Im Office saß eine Frau Nele Magnet, die gleichzeitig als Sekretärin und Buchhalterin des privaten Unternehmens ist. Ich habe sie verhört.«

»Ich arbeite als Sekretärin des privaten Unternehmens »Svoboda« von Olaf Heuer und zugleich mache ich die Buchführung des Unternehmens. Olaf Heuer ist Eigentümer des Unternehmens. Maik Gordon ist sein Leibwächter. Ich habe sie schon mehrere Tage nicht gesehen. Wo sie heutzutage sind, weiß ich nicht.

Als Buchhalterin erstelle ich die monatlichen Lohnabrechnungen für alle Mitarbeiter des Unternehmens, bearbeite jeden Monat die Rechenschaften vom Leiter des Warenlagers Jacoby Schnittke und mache die Bilanz- und Jahresabrechnungen des Unternehmens »Svoboda.

Wer Jacoby Schnittke ist, weiß ich nicht. Ich kenne solch einen Mensch nicht. Einmal hat mir Olaf Heuer den Namen, Vornamen und andere persönliche Daten aufgeschrieben und gesagt: »Legalisiere auf diesen Namen und Vornamen alle Unterlagen. Jacob Schnittke wird bei uns als Leiter des Warenlagers arbeiten.«

Ich habe alle Formalitäten erledigt und Jacoby Schnittke war beim Unternehmen als Leiter des Warenlagers verzeichnet. In der Tat haben wir niemals einen Warenlager gehabt.

Auf Anweisung von Olaf Heuer erstellte ich jeden Monat auf den Name von Jacoby Schnittke Rechenschaften, an die ich Einkaufs- und Verkaufsfakturen auf Schafwolle und auf Angorawolle beigefügt habe.

In die Einkaufs- und Verkaufsfakturen trug ich stets die Menge und die Preise der Wolle ein, die von Olaf Heuer angegeben wurden. Ob die Schafwolle und die Angorawolle in der Tat eingekauft und verkauft waren, war mir nicht bekannt.

Olaf Heuer gab mir z. B. die Menge der Schafwolle oder Angorawolle und die Preise je 1 kg. Dann erstellte ich auf den Namen und Vornamen von Jacoby Schnittke gefälschte Einkaufspapiere, als ob er die Menge der Wolle nach dem Preis eingekauft habe.

Sogleich erstellte ich Liefererscheine und Rechnungen auf die Menge der Schafwolle bzw. der Angorawolle, als ob die Wolle an die Fabrik für Verarbeitung der Wolle in Siebenzelt verkauft wurde.

Die angegebene von mir Preise hat jedes Mal Olaf Heuer genannt.

Den ersten Exemplar gab ich jedes Mal Herrn Olaf Heuer ab. Und den zweiten Exemplar fügte ich mit anderen Einkaufs- und Verkaufsfakturen an die Rechenschaften von Jacoby Schnittke bei.

Das Geld wurde auf das Konto von unserem Unternehmen überwiesen. Und ich holte das Geld mit einem Inhaberscheck bei der Bank ab. Dann gab ich das Geld Olaf Heuer ab.

Was mit dem Geld passiert wurde, weiß ich nicht,« sagte beim Verhör Nele Magnet aus.

»Alexander, ich beschlagnahmte alle Rechenschaften, die auf den Namen und Vornamen von Jacoby Schnittke für 2. Jahre erstellt worden waren. Nele Magnet verhörte ich. Was sollte ich mit Frau Nele Magnet tun?«, fragte telefonisch Thomas.

»Ich glaube sie sollte vorläufig verhaftet worden sein, weil sie auf mehrere Millionen Rubel die Einkaufs- und Verkaufspapiere gefälscht hat,« äußerte sich Alexander und danach fragte er sofort: »Thomas, habt ihr das Office vom Unternehmen durchgesucht?«

»Nein, haben wir nicht,« antwortete Thomas.

»Führt die Durchsuchung unbedingt unverzüglich durch. Ich glaube, ihr werdet dadurch Beweisstücke finden. Außerdem müssen wir doch für die letzten 3. Jahre die Lohnabrechnungen aller Mitarbeitern des Unternehmens »Svoboda« beschlagnahmen. Die Leute sollten unbedingt verhört werden.

Thomas, beim Verhör kläre auf, wie und wer die Löhne an die Mitarbeiter ausgezahlt hat,« stellte zusätzliche Aufgabe Alexander.

»Aber wir haben keine Sanktion für die Durchsuchung vom Staatsanwalt,« antwortete Thomas.

»Das ist nicht schlimm. Macht die Durchsuchung und danach teilte dem Staatsanwalt mit, dass ihr die Durchsuchung durchführen müsstet,« erklärte ihm Alexander.

Als Thomas Ring Nele Magnet nach der Lohnauszahlungen fragte, antwortete sie folgendermaßen: »Die monatlichen Löhne wurden von Olaf Heuer den Mitarbeitern ausgezahlt. Er bekam jeden Monat von mir die Lohnabrechnungen und das entsprechende Geld, das ich von der Bank geholt habe, für die Auszahlung den Arbeitern. Danach gab er oder Maik Gordon mir die Lohnabrechnungen mit Unterschriften zurück.«

Während der Durchsuchung fanden die Inspektoren mehrere Aufzeichnungen von Olaf Heuer mit Hinweisen auf die Menge und Preise der Schaf- und Angorawolle, die er für Buchhalterin Nele Magnet gemacht hat. Die Aufzeichnungen wurden beschlagnahmt und dem Protokoll der Durchsuchung beigefügt.

Aus den Unterlagen sind ihnen die Adressen der Häuser von Olaf Heuer und Maik Gordon bekannt geworden.

Thomas Ring und Marcus Wagner besuchten ihre Zuhause. Zuhause waren bei den beiden nur ihre Hausangestellten. Die letzten wussten nicht, wo sich ihre Herren befinden könnten.

Unverzüglich wurde von ihnen die Erklärung zur Suche nach Olaf Heuer und Maik Gordon beim Kriminalamt abgegeben.
Währenddessen hat sich Alexander zur Durchsuchung der Wohnungen und aller Nebengebäuden von Olaf Heuer und Maik Gordon entschlossen. Die Durchsuchungen waren erfolglos.

»Thomas, deine Aufgabe ist alle Rechenschaften von Konrad Lasche für die letzten drei Jahre aus der Buchhaltung der Fabrik für Verarbeitung der Wolle beschlagnehmen.

Danach müssen die Kaufleute von Sowchosen und Kolchosen verhört werden. Dabei sollte man feststellen, auf welche Weise Konrad Lasche beim Einkaufen der Schaf- und Angorawolle die Überschüsse gemacht hatte.

Ich glaube, dass Konrad Lasche diese Überschussmenge von Schaf- und Angorawolle weiter an Olaf Heuer gegeben hat. Und die Buchhalterin vom Unternehmen »Svoboda« Nele Magnet erstellte auf diese Menge Einkaufsrechnungen und Liefererscheine, als ob die Wolle an die Fabrik für Verarbeitung der Wolle von ihnen verkauft wurde.
Danach wurde auf das Konto des Unternehmens »Svoboda« für diese Menge von Schaf- und Angorawolle Geld überwiesen.

Und Nele Magnet holte das Geld mit einem Inhaberscheck bei der Bank ab und gab weiter an Olaf Heuer ab,« stellte Alexander zusätzliche Aufgabe und belehrte dabei Thomas.

Nach der Äußerung seiner Meinung über die Unterschlagung der Schaf- und Angorawolle mit anschließendem Diebstahl des Geldes von der Fabrik für die Verarbeitung der Wolle verlangte Alexander von Thomas Ring unverzügliche Vernehmung und Verhaftung der Buchhalterin Nele Magnet.

Thomas verhörte Nele Magnet und dann sagte er Alexander: »Alexander, ist es nicht übereilte Entscheidung Nele Magnet zu verhaften?«

»Wieso denn?«, fragte Alexander.

»Nele Magnet ist nur Buchhalterin. Der Unternehmer und zugleich der Chef des Unternehmens ist doch Olaf Heuer und genau er ist untergetaucht. Der Aufenthaltsort des Kaufmannes von der Fabrik für die Verarbeitung der Wolle Konrad Lasche ist uns unbekannt.

Nur aufgrund der gefälschten Fakturen und Abrechnungen wird der Staatsanwalt sowieso ihre Verhaftung nicht sanktionieren. Außerdem lernst du uns jedes Mal zu überprüfen, ob überhaupt vernünftig wäre, einen Verdächtigen den Umständen nach in Haft zu nehmen,« antwortete er.

Das war die triftige Begründung seiner Entscheidung, mit der er Alexander überzeugt hat, solch einen voreilige Beschluss nicht zu fassen.

Thomas freute sich wie ein Kind, dass er Nele Magnet nach dem Verhör nach Hause gehen lassen konnte. Liebenswürdig bot er ihr an: »Nele, wenn

Sie nichts dagegen haben, wäre es mir lieb Sie mit meinem Auto nach Hause zu bringen.«

Mit Freude wies Nele mit dem Kopf und drückte aus: »Gerne. Das ist nett von Ihnen.«

Die Wohnung von Nele befand sich in weiter Ferne vom Polizeirevier, sodass sie mehr als halbe Stunde für den Weg gebraucht mussten. Nele war unverheiratet und wohnte alleine.

Es war abendliche Zeit. Nele lud Thomas zum Tee ein und die zwei gingen in die Wohnung.

Während Thomas Fernseher guckte, zog sich Nele schnell um und bereitete das Essen vor. Ein paar Minuten später rief sie ihn an den Tisch zum Tee trinken.

Sie aßen und redeten miteinander über die Arbeit und über die freie von der Arbeit Zeit. Thomas merkte, dass Nele ohne Familie, ehelos und ungebunden ist.

Nach einer Weile musste er sich verabschieden und gehen, weil auf ihn Alexander wartete. »Schade, aber ich muss jetzt gehen. Nele, kann ich vielleicht morgen anrufen?« fragte er.

»Thomas, Sie haben meine Telefonnummer und wenn Sie anrufen, würde ich mich darüber sehr freuen. Ich würde Sie gerne wieder auf eine Tasse Tee einladen,« antwortete sie und Thomas ging hinaus.

Unterwegs zum Polizeirevier ging durch sein Kopf alles von Nele Magnet: Ihr Äußere, wie Größe 177 – 178 cm; Schlankheit; gut geformte Wadenmuskeln, die ohnehin ihre lange Beine verschönten; schöne von mittlerer Größe zärtliche Brüsten; schmale Taille und schlanke Oberschenkeln, die sich durch ihre Bekleidung hervorhoben.

»Habe ich an ihr das alles an ein paar Tagen bemerkt?« fragte Thomas sich selbst und dachte an ihr weiter.

Ihre dicke und rote Lippen verschönten ihren ideal aussehenden großen Mund, aus dem ihre Rede mit sanfter Stimme ertönt wird. Ihre hochgeformten, dünne Brauen und lange, dunkle kastanienfarbige Wimpern machten die von selbst große, braune Augen noch größer. Und ihre Mimik, ihr Lächeln vergöttlichten ihr hübsches Gesicht.

»Warum ist solch eine zärtliche, attraktive, nämlich mit solch einer anziehenden Kraft, Frau, ohne Ehemann, ohne Freund?«, stellte er sich selbst die Frage.

»Ich habe mich in sie verliebt wahrscheinlich, aber es darf nicht der Arbeit stören und außerdem habe ich Familie. Meine Frau Annika liebt mich sehr,« dachte er und fuhr schnell zum Polizeirevier, weil dort auf ihn Alexander gewartet hat, obwohl es schon spät gewesen war.

Thomas und Nele begegneten sich oft, weil die Ermittlungen mehrere Monaten verliefen. Obwohl Thomas nichts merken lassen wollte, dass er sich in Nele verliebt hat, hat Nele nicht nur seine Zuneigungsgefühle zu ihr bemerkt, sondern sie hat sich auch in ihn verliebt. Das war Liebe auf den ersten Blick von den beiden.

Und zwischen ihnen kam es ausnehmend schnell am ersten Mal zur Äußerungen ihrer Zuneigungsgefühlen zueinander; genauso wie es zwischen verliebten Menschen am meisten passiert.

Am ersten folgenden Samstag morgens erschien Thomas unerwartet zu Besuch bei ihr Zuhause. Angezogen in Morgenrock mit zottigen Haaren spülte Nele nach dem Frühstück das Geschirr. Vor Überraschung geriet Nele in Verlegenheit und wusste nicht, was sie tun sollte. Sie wusch weiter das Geschirr.

Thomas merkte, dass Nele ganz nackt im Morgenrock steht. Er ging zu ihr und sagte: »Mein Gott! Wie sehr ich dich liebe!« Er umarmte sie an Schulterblättern, küsste sie auf die Lippen und flüsterte ihr ins Ohr: »Ich liebe dich!«

Nele erwies keinen Widerstand, sie ließ das Geschirr stehen und umarmte auch Thomas. Ihre Herzen pumpten das Blut in ihren Körpern, sodass sie von ihren Begierden auf Augenblick den Verstand verloren haben. Thomas knöpfte ihren Morgenrock auf und ließ ihn einfach auf den Boden fallen. Er fuhr mit Küssen fort, küsste sie auf die Brust und auf ihre dicke braune Brustwarzen. Seine Küsse auf die Brustwarzen wandelten sich zum Ansaugen.

Inzwischen knöpfte Nele sein Hemd und seine Hose auf. Beim Ziehen der Hose nach unten streichelte sie absichtlich mit der Handfläche sein Glied, das von der Erektion schon stahlhart war.

Thomas nahm sie zwischen ihren Beinen an Oberschenkeln und setzte sie mit gespreizten und hochhebenden Beinen auf den Tisch, sodass sein Glied von ihrem Unterleib eingesaugt worden war.

Stehend und umarmt an Hinterbacken schmiegte er sich kräftig an sie.

Umgefasst mit Beinen schmiegte sich Nele an Thomas und flüsterte ihm ins Ohr: »Schatz, lass uns auf den Boden gehen!«

Mit gespreizten Beinen legte sich Nele auf den Teppich mit dem Bauch nach unten und Thomas legte sich auf ihren Rücken.

Umarmend fasste Thomas mit Handflächen die zärtliche weibliche Brust von Nele an und massierte sie weich mit federleichten Berührungen, küsste sie auf Hals und auf Rücken.

Im Nu bog Nele ihr Rücken durch, sodass sich ihr Hinterteil erhob und gleichsam wurde mit ihren Lippen sein Glied in ihren Unterleib verschlungen.

Immer wieder bog sie ihren Rücken hin und her durch, damit sich Thomas kräftiger mit seinem Genitalien an ihre Lippen anschmiegen konnte.

Weich streichelte Thomas auf und ab mit Handflächen ihren Rücken und ihre Hinterbacken. Thomas spürte wie ihre und auch seine Begierde aufbrausende Liebe verlangten. Er umarmte sie an ihren Taillen, drückte weich ihre Hinterbacken an sich, die dadurch grätschen, sodass sich die beiden noch kräftiger an ihre Genitalien anschmiegen konnten und nach einer Weile von Orgasmus gestöhnt haben.

»Nele, du bist großartig, du machst das besonders gut! Solch eine Liebe habe ich noch nie erlebt!«, mit voller Freude flüsterte er ihr ins Ohr. »Weißt du warum ich mich auf den Bauch gelegte habe?«

»Warum denn? Wie gesagt, sowas habe ich noch nie erlebt.«

»Ich legte mich auf den Bauch, weil dann nicht so schnell der Orgasmus eintritt und man kann die süße, zärtliche Gefühle der Begattung länger genießen.«

»Meine Liebe, bei mir läuft es ebenso ab. Wenn ich die bezaubernde Farbe deiner Haut, deiner Haaren, jeden Teil deines vom Gott geformten Körpers betrachte und dann noch die durch meine Liebe ausdrucksvolle Stöhne wahrnehme, erwecken wahrscheinlich in meinem Gehirn zusätzliche Zellen, die meine Freude und meine Begierde zu dir, stärker anregen. Und ich möchte genauso wie du, dass der Moment dieser Gefühle zur Ewigkeit wäre.«

Bevor sie Abschied voneinander nahmen, lagen sie noch einige Zeit auf dem Teppich und redeten miteinander. Liebe, die die zwei gerade haben, hat ihnen beiden gefallen. Ihre Zufriedenheit und Freude vom Geschlechtsakt war grenzenlos.

Ein Anruf von Nele reichte dafür aus, dass Thomas bei ihr Zuhause auftauchte und die beiden Liebe getrieben haben. Ihre Liebe mit geschlechtsgebundenen Beziehungen dauerten ein paar Jahre.

Annika merkte, dass Thomas kalt zu ihr geworden ist. Und einmal fragte sie Alexander: »Warum schickst du Thomas oft auf die Dienstreise nach Siebenzelt?«

Alexander verschwieg von ihr über die tatsächlichen Dienstreisen von Thomas, um ihn nicht zu verraten. Und trotzdem redete er darüber später mit Thomas, weil für ihn wichtig die Familienverhältnisse bzw. das Familienleben der Untergeordneten Inspektoren gewesen war.

Alexander wusste, dass das positive Familienklima sich auch positiv auf die Stimmung seiner Inspektoren und folglich auf ihre Leistungen ausgewirkt hat.

Aber Alexander vermutete nicht, dass Thomas Ring, den er schon viele Jahre wie einen guten Ehemann und Familienvater kannte, eine geschlechtsgebundene Beziehung mit Nele Magnet, der Buchhalterin von Olaf Heuer, hat.

VIII

Bei der Durchsuchung der Wohnung und Nebengebäuden von Olaf Heuer wurden in seinem Keller im Schrank einige Kassetten vom Kassettenrekorder gefunden, die Alexander beschlagnahmt hat.

Alexanders Prinzip eine Sache zu Ende führen, gab ihm keine Ruhe. Einmal nahm er sich Zeit und hörte sich die Tonbänden an. Eine Tonbandaufnahme von zwei Männern, die sich mit Scharade unterhalten haben, weckte bei ihm ein besonderes Interesse, weil er von ihren rätselhaften Rede verstanden hat, dass es sich um Bestechungsgeld gehandelt hatte.

Stimme der unbekannten Person: »Herr Heuer, ich bedanke mich bei Ihnen. Es ist gut mit solchen Leuten wie Sie etwas zu haben, sozusagen mit Ihnen Geschäfte machen.«

Olaf Heuer: »Ich vertraue Ihnen. Deshalb wandte ich mich an Sie. Ich glaube die Jungs werden uns nicht aufsitzen lassen.«

Und die Rede der unbekannten Person am Schluss: »Herr Heuer, Sie können sich jederzeit an mich wenden. Ich werde alles unternehmen, um Ihnen zu helfen,« war keine übliche Rede.

Mit der Rede unterstrich der Autor, dass er den Interessenten in sicheren Schutz nehmen kann.

Da die Tonbandaufnahme von Olaf Heuer gemacht und aufbewahrt worden war, ging Alexander von daher aus, dass es wie ein kompromittierendes Material gegen eine Amtsperson bzw. einen Beamten gewesen war.

Alexander hörte sich das Band mehrmals an. Und stellte sich die Frage: »Wer redet mit Olaf Heuer? Wofür bedankte sich der Herr bei Olaf Heuer? Wer kann die Person, die mit Olaf Heuer redete, erkennen?«

Eins ist da klar, dass eine Person von den Unterhaltenden Olaf Heuer gewesen war.

Vielleicht war es ein Zufall, möglicherweise die Intuition von Alexander, weil Max nicht vorbestraft war, gab er die Tonbandaufnahme Max Dunst anzuhören. Max Dunst kannte Peter Krammer persönlich und hat seine Stimme auf dem Tonband erkannt.

»Alexander, Olaf Heuer ist mein Chef. Ich weiß nicht worum es sich handelt, aber die zweite Stimme ist mir gewissermaßen bekannt. Das ist die Stimme vom Bezirksinspektor Peter Krammer,« ohne zu überlegen, sagte Max Dunst.
Im Moment dachte Max nicht, dass er damit den Ermittlern geholfen hat, einem Verbrecher auf die Spuren zu kommen.

»Olaf Heuer ist der private Unternehmer, sozusagen Chef von den allen Mittätern. Jetzt muss ich mich nach Peter Krammer erkundigen. Wer ist Peter Krammer? Wo wohnt er? Wo arbeitet er? Sollte er tatsächlich Bezirksinspektor sein, dann welche gemeinsame Angelegenheiten können die beiden haben?

Auf all diese Fragen muss ich Antworte kriegen. Wenn es nötig ist, dann Peter Krammer unter Aufsicht durch die Abteilung des Beobachtungsdienstes der Verwaltung des Innenministeriums über Gebiet Siebenzelt nehmen,« überlegte sich jetzt Alexander.

Dafür muss die Genehmigung vom Vorgesetzen der Verwaltung des Innenministeriums über Gebiet Siebenzelt bekommen werden.

Um den Vorgesetzen der Verwaltung des Innenministeriums zu überzeugen, müssen irgendwelche Beweisstücke beschaffen werden.

IX. Laura Lasche und Olga Steinbuch

Bei der Durchsuchung der Wohnung und Nebengebäuden von Konrad Lasche und Olga Steinbuch wurden einige Notizblöcke mit Aufzeichnungen von Menge und Preisen der Schaf- und Angorawolle gefunden und beschlagnahmt.

Das waren Aufzeichnungen der Menge von Überschüssen der Schafwolle sowie der Angorawolle, die er beim Einkaufen von den Kaufleuten der Sowchose und Kolchose innerhalb der letzten zwei Jahre gemacht hat.

Bei der Durchsuchung der Wohnung von Konrad Lasche wurde unter dem Schrank im Schlafzimmer mehrere Hundert Tausend US Dollar gefunden.

Seine Ehefrau Laura Lasche wusste nichts von diesem Geld.
»Jeden Monat gab er mir nur sein Gehalt ab. Dass er irgendwelche verbrecherische Geschäfte treibt, wusste ich nicht. Und ich wusste auch nicht, dass er eine Geliebte und ein Kind hat.
Manchmal übernachtete er nicht Zuhause. Er sagte, dass er auf eine Dienstreise musste,« sagte beim Verhör Laura aus.

Tagsüber wurde auch Zuhause bei Olga Steinbuch die Durchsuchung gemacht. Bei der Durchsuchung fanden die Inspektoren im Schlafzimmer unter der Kommode in zwei Umschlägen Hunderte Tausend US Dollar.
»Das ist nicht mein Geld. Davon wusste ich gar nichts,« antwortete beim Verhör Frau Steinbuch.

»Wer hat das Geld unter die Kommode gelegt?«, fragte Thomas Ring.
»Das weiß ich nicht. Ich wohne alleine mit meinem Kind. Ab und zu besuchte Konrad mich Zuhause. Hin und wieder blieb er auch zur Übernachtung.«
»Frau Steinbuch, half er Ihnen auch mit Geld?«, stellte Thomas Ring die Frage.
»Konrad gab mir manchmal Geld und sagte, dass er genug Geld verdient. Dass er auch US-Dollar gehabt hat, sagte er mir davon nichts und ich habe niemals bei ihm US-Dollar gesehen.«

X. Leiche von Konrad Lasche

Es war ein pilzreicher Platz im Fichtenwald, wo sich die Stelle befand, in der die Leiche von Konrad Lasche verscharrt worden war. Hier sammelten jeden Sommer viele Pilzliebhaber die essbaren Pilze.

Der Boden im Fichtenwald war aus Schwarzerde mit Sand, sodass die zurückgelassenen Abdrücke von Schuhsohle auf der Verscharrt-Stelle und herum noch sichtbar waren.

Ein Monat später sammelte eine Gruppe von Männern Pilzen im Wald. Beim Sammeln der Pilze trat Herr Mario Kelle auf die Verscharrt-Stelle von Konrad Lasche und ihm fiel ins Auge, dass die Erde sehr weich und leicht trennbar von der anderen Erde gewesen war.
Er rief die andere Pilzsammler zu sich und sie sahen sich die Stelle sehr gut an. Dabei entdeckten sie auf dem Boden die Abdrücke von Schuhwerken.

Sie riefen bei der Verwaltung des Innenministeriums der Stadt Siebenzelt an. An den Tatort kamen der Untersuchungsrichter der Staatsanwalt Werner Falle, zwei Oberinspektoren der Kriminalpolizei der Verwaltung vom Innenministerium Dennis Blei und Anton Böttcher, zwei Kriminalisten Brian Henkel und Beate Plüsch, Expertin der

Gerichtsmedizin Anette Richter und vier Polizisten für die Bewachung des Tatortes.

Zunächst redeten Werner Falle, Dennis Blei und Anton Böttcher mit Mario Kelle über den Fund und er wurde dann vernommen.

»Ich bin mit meinen Freunden zum Pilzsammeln hierhergekommen. Beim Sammeln der Pilze trat ich mit dem Fuß auf die hier Fläche und mein Fuß drückte sich ganz leicht in die Erde ein. Ich trat zurück und merkte, dass sich die Erde von dieser Fläche mit der Größe etwa 1 x 2 Meter durch ihre Farbe und Härte hervortut.

Ich rief meine Kumpeln zu mir und wir haben die Stelle besser angesehen. Als wir die Abdrücke von Schuhsohlen auf der Erde gesehen haben, haben wir uns entschlossen, beim Polizeirevier anzurufen. Ich fuhr zum nahen Dorf und rief von dort bei der Polizei an,« antwortete Mario Kelle.

Nach dem Gespräch mit Mario Kelle fingen die Ermittler mit der Besichtigung der gezeigten von ihm Erdfläche und 20 Meter im Umkreise an. Sie fanden wirklich mehrere Abdrücke von Schuhsohlen.

Obwohl die Abdrücke bereits durch den Regen und Wind beschädigt worden waren, gelang es den Ermittlern festzustellen, dass die Abdrücke von verschiedenen Größen der Schuh gewesen waren.

Weil die Schwarzerde so weich war, dass die Spuren bis zu 10 cm tief in der Erde zurückgelassen worden waren.

Somit gingen die Ermittler davon aus, dass es mindestens zwei Personen gewesen waren, die hier etwas vergraben haben.

Damit keine Spuren verwischt werden, entschieden sich die Ermittler, die Erde selber auszugraben. Abwechselnd, vorsichtig und aufmerksam gruben sie die Erde aus. Auf der Tiefe von einem Meter stießen sie auf die Leiche.

Zentimeter um Zentimeter taten sie die Erde von der Leiche weg und die Kriminalistin Beate Plüsch und Expertin der Gerichtsmedizin Anette Richter betrachteten äußerst gewissenhaft die Leiche.

Es war Sommer und die Verwesung der Leiche war im vollen Hergang, sodass es auch mit Masken schwer zu arbeiten gewesen war.

Schon bei der Besichtigung der Leiche in der Grube sahen die Experten, dass dies die Leiche eines Mannes gewesen war; und, dass sein Geschlechtsglied abgeschlagen war.

Die Leiche wurde aus der Erde erhoben und in eine Packung aus einer starken und dichten Folie eingepackt, damit sich bei der Einlieferung der Leiche ins Leichenschauhaus von der Leiche keine fremdartige Partikel ablösen oder solche an die Leiche nicht klebenbleiben. In der Grube entdeckten die Kriminalisten nichts mehr.

Die Ermittler stellten folgende Fragen:

1) Welchem Geschlecht gehörte die Leiche aus der Grube?

2) Sollte das ein Mann gewesen sein, womit wurde sein Glied abgeschlagen?

3) Was ist die Todesursache?

4) Wo wurde er umgebracht? Ob möglicherweise auf der Leiche Spuren sind, die auf einen anderen Ort der Ermordung hinweisen?

5) Wo ist seine Bekleidung?

6) Was für ein Motiv liegt an der Ermordung?

Auf all diese Fragen mussten jetzt die Ermittler richtige Antworten finden. Zuerst wird die Obduktion von der Expertin der Gerichtsmedizin Anette Richter durchgeführt.

Sie sollte die Ursache des Todes beantworten.

Bevor Anette Richter mit der Obduktion angefangen hat, führten Anette Richter und Kriminalisten Brian Henkel und Beate Plüsch sorgfältige Besichtigung der Leiche. Dabei entdeckten sie am Rücken und am Becken kleine Rissen mit blutunterlaufenen Stellen, die wahrscheinlich durch das Schleppen bzw. durch das Schleifen verursacht worden waren und in ihnen befanden sich irgendwelche Partikel.

Am Bauch fanden sie 17 cm langes Haar, obwohl am Kopf der Leiche kurze Haare bis 4-5 cm lang waren.

Anette Richter entfernte von der Leiche die Partikel aus den Rissen, entnahm das Haar vom Bauch, schnitt Haare vom Kopf ab und bereitete das für eine Expertise vor.

Außerdem schnitt sie die Fingernägel und Zehennägel ab und packte sie auch für die Expertise in getrennte Packungen ein.

In zwei Stellen von der Haut zwischen Beinen und am Schädel wurden mit Abstrichen Blut abgenommen.

Während der Obduktion zog die Expertin eine Schlussfolgerung, dass zur Obduktion die Leiche eines Mannes vorgelegt wurde; dass der Tod durch die Erdrosselung eingetreten war; dass er vor dem Tod Alkohol getrunken hat.

Da beim Abschlagen des Glieds sehr geringe Blutung war, schloss Anette Richter ab, dass das Glied kurz nach dem Tod mit einem sehr scharfen Messer abgehackt wurde.

Die Erdrosselung erfolgte mit einem dünnen Gegenstand, wie beispielswiese ein dünnes Drahtseil. Am Hals von vorne im Bereich des Adamsapfel waren vertiefte 0,8 mm breite Spuren, die sich durch die Haut des Opfers bis zum Knorpel des Kehlkopfes eingeschnitten haben.

Daraus beschlossen die Ermittler, dass das Opfer vor dem Tod mit einem Bekannten Alkohol getrunken hat; dass die Ermordung folge eines Eiversuchtes sein kann; dass das Opfer von einem Dritten erdrosselt wurde; dass der Mörder höchstwahrscheinlich im Auto auf dem hinterem Sitz gesessen hat, weil am Körper keine Spuren gesehen worden waren, die auf einen Widerstand des Opfers gezeigt hätten.

»Die Vorgesetzte wollen in solchen Fällen gerne hören, dass der Mord von einem seelisch kranken Mensch bzw. von einem Wahnsinnigen begangen wurde. So ist ihnen immer leichter die Fehler bzw. die Makel des Systems von der Öffentlichkeit zu verheimlichen.

Und aus meiner Sicht wurde der Mord eher von erfahrenen Mördern bzw. von einem erfahrenen Mörder begangen. Mörder halten für möglich, dass die Leiche gefunden wird und deshalb versuchten sie auf solche Weise die Ermittler in die Irre zu führen. Der Mord wurde von irgendwelchen vorbereiteten Personen ausgeführt, die die Leiche danach hier eingegraben haben,« sagte Expertin der Gerichtsmedizin Anette Richter.

Die Ermittler schenkten ihr Gehör und danach sagte Werner Falle: »Aber zuerst sollte die Leiche identifiziert werden, sonst kommen wir mit der Ermittlung nicht weiter. Und wir können nur danach die richtige Versionen stellen.«

Deshalb müssen wir alle Bekannte, Verwandte usw. von verschollenen Menschen vernehmen und das Foto von der Leiche zur Erkennung vorzeigen.

»Das ist unsere Aufgabe. Wir werden ab sofort eine Orientierung schreiben und mit einem Foto der Leiche an alle Polizeirevier der Verwaltungen von zwei Gebieten des Innenministeriums verschicken. Das Weitere werden wir den Fall durch Medien (Zeitungen, Fernsehen, Radio) bekannt geben,« sprach Dennis Blei.

Aufgrund ihrer großen Erfahrungen behaupteten Dennis Blei und Anton Böttcher sowie beide Kriminalisten Brian Henkel und Beate Plüsch: »Das

Abschlagen des Glieds kann ein absichtliches Manöver sein, um die Ermittlungen in die Irre zu führen, damit wir die falschen Versionen aufwerfen und abarbeiten.«

»Trotzdem müssen wir alle Versionen abarbeiten. Möglicherweise erschien ein Wahnsinniger, von dem wir noch gar nichts wissen. Kann sein, war das ein Mord aus Eiversucht beziehungsweise infolge von Streit.

Vielleicht war das ein Mord mit dem Ziel einen Zeuge oder einen Mittäter loszuwerden. Wir müssen vier Gruppen mit Beteiligung von Inspektoren der Kriminalpolizei jedes Polizeireviers der Stadt Siebenzelt bilden und heute noch sollten alle Meldungen über Verschwinden der Leute durchgearbeitet werden,« sagte Anton Böttcher.

Kriminalistin Beate Plüsch schlug vor: »Wir sollen eine Gruppe bis zu 50 – 60 Polizisten bilden und den Tatort im Umkreis von 1000 Meter besichtigen. Soweit uns nichts anderes bekannt ist, müssen wir davon ausgehen, dass dies der Tatort ist.

Wir dürfen nicht ausschließen, dass uns bei der Besichtigung des Tatortes irgendwelche Beweisstücke gelungen wird, zu entdecken.«
Kriminalist Brian Henkel und Gerichtsmedizinerin Anette Richter waren schon lange Zeit sehr gut befreundet.

Nach aufreibender Arbeit sagte Anette: »Brian, ich glaube heute ist bereits genug getan. Ich mache jetzt Feierabend. Brian, komm mit mir mit.«

»Anette, ich wollte noch eine Arbeit ausführen. Sobald ich das erledigt habe, komme ich bei dir Zuhause vorbei. Das Abendessen werde ich selber vorbereiten. Warte auf mich. Okay!«, erfreut antwortete Brian.
Er ahnte, dass Anette heute von ihm geliebt sein will.

Anette fuhr nach Hause, duschte sich und bald darauf klingelte es an der Tür. Anette zog ihren Bademantel an und öffnete die Tür.

»Du bist aber schnell«, sagte sie zu Brian und ging wieder in die Dusche.

»Ich bin des Wartens überdrüssig. Ich wasche mir Hände und werde Schnitzel braten und Makkaroni kochen,« sagte ihr Brian.
Brian hatte bei Militär das Kochen gelernt und seitdem ist das Kochen sein Hobby geworden.

Anette kam aus der Dusche und überschüttete ihn mit Komplimenten: »Es sind kaum 15 Minuten herum und riecht geschmackvoll wie in einer Küche.«

»Riecht so appetitlich, weil du Hunger hast. Deshalb bereite ich zuerst das Essen vor, sonst stirbst du vor Hunger. Anette, wir sind viele Jahre ein paar. Warum leben wir nicht zusammen?«, ernst fragte Brian.

»Brian, wir beide haben doch Familien gehabt. Wir waren sozusagen glücklich verheiratet. Und unsere Angetraute ließen sich von uns scheiden. Warum? Das weißt du doch. Wer will z. B. nachts oder am

Wochenende alleine Zuhause sein, während die bessere Hälfte in dieser Zeit zum Tatort fahren muss,« betrüblich und ehrlich antwortete Anette.

»Da hast du Recht,« stimmte Brian zu.
»Wir beide verstehen uns gut, weil wir ähnliche Arbeit haben. Ich mache jetzt das Essen fertig, du duscht dich und dann werden wir essen,« sagte Anette.

Als Brian aus der Dusche zurück war, setzten sich die zwei an den Tisch. Sie aßen und tranken Wodka. Beim Essen sagte Brian: »Ich wollte heute nicht mehr über die Arbeit reden, aber meiner Meinung nach hast du Recht, der Mord wurde von erfahrenen Menschen begangen.

Stell dir vor, das Opfer wurde irgendwo getötet und dann durch die Stadt in den Fichtenwald mit einem Auto gebracht. Das spricht dafür, dass die Mörder von Bullen keine Angst haben. Wahrscheinlich sind sie selber Bulle?«

»Ehrlich gesagt, ich bin Müde. Komm! Gehen wir schlafen,« erleichtert sagte Anette.
Sie gingen ins Schlafzimmer, zogen ihre Schlafanzüge aus und nackt legten sie sich ins Bett.
»Du wirst mir nicht glauben, aber ich habe keine Lust zur Liebe,« sagte Anette.
»Hauptsache entspanne dich, vergesse alles und traue mir zu. Um deine Begierde soll ich mich jetzt kümmern.

Ich liebe dich, Anette. Wenn ich dein nackten Körper sehe, schon davon bin ich bereit dich aufzufressen,« flüsterte er ihr ins Ohr.

Er küsste sie auf den Hals, auf die Busen, auf die Brustwarzen, auf den Bauch und spürte die Steigerung der Wärme ihres Körpers. Mit Handflächen streichelte er sanft ihren Unterbauch, bewegte sich nach unten, legte sich zwischen ihren Beinen und küsste ihre Oberschenkel. Mit Ergötzung nahmen die beiden ihre beiderseitige Wonnegefühle wahr.

Anettes leichte Stöhne regten ihn noch mehr an, ihre Begierde zu befriedigen. Zärtlich nahm er mit seinen Handflächen ihre Oberschenkel von unten, erhob ihre Beine, schob seine Hände unter ihre Hinterbacke und legte sich auf sie. Mit seinen Handflächen hielt er sanft an ihren Hinterbacken und drückte sie kräftig beim Anschmiegen an sich.

Von ihrer feuchten Lippen verstärkte sich die Erektion. Immer wieder schmiegten sie sich mit ihren Genitalien kraftvoll aneinander, sodass sie nach einer Weile vom Orgasmus stöhnten.

»Wie du das machst, kommt schnell und großartig zum Hochgenuss. So einen Intimverkehr würde jeder Frau gefallen,« zärtlich, fröhlich und glücklich sagte Anette.
»Anette, ich liebe dich. Für mich reicht, wenn ich mit dir ins Bett gehe. Andere Frau möchte ich nicht haben.«
Sie redeten noch eine Weile miteinander über ihr Leben und allmählich sanken sie in Schlaf.

XI

Drei Tage später lagen dem Untersuchungsrichter Werner Falle folgende Ergebnisse der Gerichtsmedizin, Chemie- und Biologie - Experten vor:

1) Zur Obduktion wurde die Leiche eines Mannes im Alter von 35 bis 40 Jahre vorgelegt.

2) Der Tod trat durch die Erdrosselung ein.

3) Die Pathologen stellten durch die Untersuchung der Stückchen von Leber, Nieren und Herz fest, dass sich in ihnen Stoffe befinden, die auf Alkohol hinweisen.

4) Das Glied wurde kurz nach dem Tod mit einem sehr scharfen Messer abgeschlagen, dafür sprach die geringe Blutung.

5) Am Rücken und am Hinterbacken befinden sich kleine Rissen mit blutunterlaufenen Stellen, die möglicherweise durch das Schleppen bzw. durch das Schleifen verursacht worden waren und die Partikel aus den Rissen konnten nicht wegen anderer chemischen bzw. biologischen Eigenschaften vom Ort der Eingrabung der Leiche herkommen.

6) Das 17 cm langes Haar vom Bauch der Leiche stammt von einem Menschen ab, aber kann nicht nach ihren Eigenschaften zur Leiche gehören.

7) Unter zwei Fingernägel sind Partikel von der Haut des anderen Menschen entdeckt, die zur Identifizierung geeignet sind.

8) Das Blut zwischen Beinen gehört der Leiche.

9) Das Blut vom Schädel gehört einem Tier.

Aufgrund dieser Beschlüsse der Experten könnten jetzt die Ermittler viele Versionen aufstellen und sie abarbeiten. Und sie wussten auch, dass man bei der Ermittlung nur dann weiter kommen kann, wenn die Leiche identifiziert wird.

XII

Alexander gab Marcus Wagner und Thomas Ring die Tonbandaufnahme des Gespräches zwischen Olaf Heuer und Peter Krammer anzuhören. Danach reichte er ihnen das Protokoll zum Verhör von Max Dunst mit seiner Aussage über Olaf Heuer und Peter Krammer. Als sie die Aussage durchgelesen haben, fragte er: »Welche gemeinsame Angelegenheiten können der private Unternehmer Olaf Heuer mit dem Bezirksinspektor Peter Krammer haben?

Hat vielleicht der Bezirksinspektor Peter Krammer etwas mit Verschwinden von Konrad Lasche zu tun?«

»Heutzutage ist doch kein Wunder, wenn Bulle mit Verbrechern zusammenhängen und sogar zu Mittätern werden. Wir müssen Peter Krammer abarbeiten,« antwortete Marcus.

»Und wie?«, stellte die Frage Alexander.

»Abwechselnd müssen wir uns Zeit nehmen und selbst bei Tage während seiner Arbeitszeit ihn beobachten,« schlug Thomas vor.

Thomas wollte die Beobachtung gerne machen, um dadurch Gelegenheit zu haben, sich mit Nele zu treffen.

»Das ist schwer, weil er in der Stadt Siebenzelt wohnt und arbeitet. Was bringt das? Aber wir werden es versuchen. Der Aufenthaltsort von Olaf Heuer, Maik Gordon ist unbekannt. Das Verschwinden von Konrad Lasche ist schon lange her,« besorgt und nachdenklich antwortete Alexander.

»Vielleicht hat Thomas Recht. Wir müssen den Vorgesetzten überzeugen und ihn unter Aufsicht nehmen. Und dafür brauchen wir kompromittierendes Material,« mischte sich Marcus ein.

»Da habt ihr Recht und ich rede auch darüber. Er ist ein Bulle. Der Vorgesetzte wird von mir die Begründung zur Aufsicht verlangen. Wie soll ich dann unseren Verdacht auf Zusammenhang des Bezirksinspektors Peter Krammer mit dem verbrecherischen Gremium von Olaf Heuer begründen?«, setzte gedankenversunken Alexander fort.

Alexander blieb still und danach fuhr er fort: »Okay, wir machen zunächst so, wie Thomas uns vorschlägt. Marcus, morgen um 8 Uhr fängst du an. Warte auf Peter Krammer im Auto beim Polizeirevier. Sollte er danach wegfahren, fahre ihm nach und beobachte, mit wem er sich treffen wird.«

Zwei Tage später berichtete Marcus: »Jeden Morgen fuhr Peter Krammer zunächst zum Basar und guckte sich die Papiere von den Fleischhändlern an.«

»Ich kenne gut ein paar Fleischhändler aus Maibach, die oft Fleisch dort verkaufen.

Und einer von ihnen ist schon lange mein Informant mit Pseudonym »Roter«. Ich werde ihm eine Zielsetzung und Legende geben. Ich engagiere den Informant »Roter« auf diesem Basar Fleisch zu verkaufen. Mit den Leuten vom Basar bzw. Bullen, die Fleischhändler gegen Geld in Schutz nehmen, nicht streiten und alles tun, was sie verlangen würden.

Nach dem Fleischverkauf werde ich außerhalb der Stadt mi ihm Kontakt aufnehmen und über alles reden, um von ihm Information über Peter Krammer zu bekommen.

Die Arbeit werde ich innerhalb der nächsten Woche durchführen und dann über das Ergebnis mit einem Rapport berichten,« schlug Thomas vor.

Innerhalb dieser Woche traf sich Thomas jeden Tag mit Nele, weil er in der Stadt gewesen war.

Nele wusste, dass Thomas in Siebenzelt ist. Weil die beiden jeden Tag miteinander telefoniert haben. Rein zufällig traf sie ihn in der Nähe vom Basar und fragte: »Thomas, wann kommst du?«

»Nele, sollte ich heute gegen Abend Zeit haben, dann komme ich heute unbedingt. Aber bevor ich zu dir komme, rufe ich an und sage dir Bescheid,« antwortete er.

»Okay, ich werde auf deinen Anruf warten,« mit voller Freude flüsternd sagte sie ihm.

Die Liebe mit ihm war jedes Mal so heiß begehrt, dass Nele das nächste Rendezvous kaum erwarten konnte.
Gegen 18 Uhr rief Thomas an und sagte: »Nele, ich komme um 20 Uhr.«

Das Rendezvous mit Thomas machte ihr große Freude, weil er mit seiner Liebe ihr die innere Regung einer Frau wiedergebracht hat. Aufgeräumt, zubereitet und geduscht wartete sie jetzt auf ihn.
Wie versprochen, kam Thomas um 20 Uhr. Sein Auto parkte er auf der anderen Straße, sodass ihn niemand merken könnte.

»Thomas, nehme Dusche und dann werden wir essen,« bat Nele ihm an.

Er duschte, machte selber die Dusche sauber und nachher kam im Bademantel heraus.
»Die Dusche hätte ich selbst sauber gemacht,« sagte Nele.
»Danke, aber du hast genug Arbeit!«, antwortete er.

»Nele, du kannst nicht nur gut lieben, sondern auch gut kochen. Schmeckt lecker, wie bei Profis,« lobte sie Thomas.
»Übertreibe nicht. Wenn ich zubereite, denke ich nur an altes Sprichwort »Liebe kommt durch den Magen.«
Nach dem Essen sagte sie: »Thomas, du kannst mit der Ruhe Fernseher gucken, solange ich das Geschirr waschen werde.«

Gegen 22 Uhr gingen sie ins Bett. Beide zogen sich jedes Mal nackt aus und schmiegten sich sogleich an einander. Er legte sich auf ihre Brust, umarmte sie und küsste sie auf die Lippen. Sie erwiderte die Küsse, umarmte ihn auch und streichelte mit Handflächen seinen Rücken.

Er streichelte ihre Busen, ihren Bauch und ihren Unterleib. Seine Küsse auf die Brustwarzen wandelten allmählich in weiches, zärtliches Saugen. Wie Pumpen förderten Ihre Herzen das Blut in alle Glieder ihren Körpern. Er fühlte die Hitze ihrer Brüste.

Ihr Verstand, der jetzt von ihren Begierden gelenkt wurde, verlangte immer mehr von beiden ihre geschlechtliche Begattung.

Er legte sich zwischen ihren gespreizten Beinen, nahm die Beine in seine Handfläche und legte sie zärtlich auf seine Schulter. Im Augenblick schob sie mit zwei Fingern ihrer linken Hand die Lippen auseinander, lehnte sogleich mit Fingern der rechten Hand sanft sein Glied zwischen der Lippen an und er schmiegte sich an sie mit voller Kraft an.

Sie erwiderte das Anschmiegen an ihn. Um ihr zu helfen, schob er seine Hände unter ihre Hinterbacken und haltend mit seinen Handflächen drückte er sie heftig an seine Genitalien.

Stöhnend bewegte das Paar hin und her ihren Hintern und sie schmiegten sich immer wieder kräftiger aneinander, sodass es fast sogleich bei beiden zum Orgasmus kam.

Er lag noch eine Weile auf ihr, sie küssten sich und er flüsterte ihr ins Ohr: »Ich liebe dich!«

Dann drehte er sich auf die linke Seite, sie deckten sich mit Bettlaken zu, lagen von Angesicht zu Angesicht und redeten miteinander.

»Nele, ich fragte dich niemals, wie du zum Unternehmen von Olaf Heuer gekommen bist?«, fragte ängstlich Thomas. Er wollte sie mit dieser Frage nicht verärgern.

»Nach dem Studium zur Buchhalterin arbeitete ich bei der Fabrik von Leichtindustrie als Buchhalterin. Als die Fabrik wegen Krise geschlossen wurde, verlor ich meine Arbeit. Dann hat meine Cousine Antonia Prunk, Freundin von Olaf Heuer, mir geholfen. Ich wurde von Olaf Heuer als Buchhalterin eingestellt,« gab sie ihm gerne Antwort.

Thomas staunte über überraschende Neuheit, aber ließ sich nichts anmerken.

»Was macht deine Cousine?«, fragte Thomas mit der Hoffnung etwas über ihren Aufenthaltsort zu erfahren.

»Ich habe sie lange nicht gesehen. Vielleicht ist sie mit Olaf weggefahren,« ohne nachzudenken antwortete Nele.

»Wohin denn?«, mit Neugier fragte Thomas.

»Keine Ahnung, und das interessiert mich auch nicht. Thomas, gut das du mich heutzutage unterstützt, sonst käme ich selbst mit meinen Problemen nicht zurecht, weil ich jetzt ohne Arbeit bin. Beim Unternehmen von Olaf Heuer habe ich meine Arbeit gemacht: Jeden Monat Lohnabrechnungen für Mitarbeiter erstellt; Rechenschaften für den Leiter des Warenlagers gemacht. Dafür erhielt ich allmonatlich außer meinem Gehalt gar kein Geld mehr.

Allerdings wird in den privaten Unternehmen im Unterschied von den ehemaligen staatlichen Unternehmen der ehemaligen Sowjetunion die Buchführung mit vielen Verstoßen gegen die Gesetze gemacht.

Aber die Buchhalter können dagegen nichts tun, andernfalls werden sie ihre Arbeit verlieren, im schlimmsten Fall werden sie einfach umgebracht,« ernsthaft und ehrlich antwortete Nele.

Thomas hörte Nele zu und zugleich lief ihm durch den Kopf: »Antonia half ihr Arbeitsplatz beim Olaf zu erlangen. An ihre Stelle würde jeder anständiger Mensch, ebenso wie sie, den Aufenthaltsort von Antonia und auch von Olaf nicht verraten.

Die Kommunistische Partei und die Sowjetmacht haben das Land in die Ruine gebracht. Viele ihre Leiter und Funktionäre sind jetzt an den Spitzen der Mafia und nutzen ihre Macht aus, um sich zu bereichern. Und die ehemaligen Arbeitnehmer mit ihren Familien sind jeder auf sich allein zum Überleben gestellt. Man kann Nele verstehen.«

Sie redeten noch über viele privaten Sachen und dann sagte Nele: »Thomas, ich mag dich wieder. Berühre mal meine Lippen, dann merkst du wie sie warm und feucht sind. Ich liebe dich und ich will dich wieder!«

Sie legte sich auf ihn und küsste ihn auf die Lippen, auf den Hals und auf die Brust. Er nahm ihre Busen in die Handflächen, massierte sie weich und zärtlich, küsste sie mit vollem Mund auf die Brustwarzen.

Als die Härte seines Gliedes spürbar geworden ist, setzte sie sich rittlings auf ihn. Er legte seine Hände unter ihren Genitalienbereich, erhob sie leicht und schob ihre Lippen besser auseinander, sodass sich Nele an sein Glied kräftiger anschmiegen konnte.

Ihre Liebe zueinander erregte stark die Begierde der beiden. Er umarmte ihre Hinterbacken mit seinen Handflächen und drückte ihren Genitalienbereich kraftvoll an seinen.

Sie stöhnten von den innigen, zärtlichen Gefühlen, die durch das Kitzeln beim Anschmiegen ihrer Genitalien aneinander immer wieder stärker erregt wurden. Diese Gefühle gefielen Nele mehr als die, die beim Orgasmus auftraten, und von daher wollte sie nicht so schnell zum Orgasmus kommen.

Aber nach kurzer Zeit kamen sie zum Orgasmus und die zwei stöhnten von ihren Wonnegefühlen noch lauter als vorher.

Er lag auf ihr und küsste sie auf den Hals, bevor er sich auf die linke Seite gedreht hat. Sie deckten sich mit Bettlaken zu, lagen wieder von Angesicht zu Angesicht. Noch beim Reden schlief Thomas ein. Nele lehnte ihren Kopf an seine Brust und fiel auch in Schlaf.

Nele wachte um 6,30 Uhr auf, duschte sich, bereitete den Frühstück zu und weckte Thomas auf.

»Thomas, steh auf, es ist schon kurz nach 7 Uhr,« sagte sie sanft.»Nele, ich habe gestern vergessen, dir zu sagen, dass ich heute um 12 Uhr zur Arbeit muss.«

Er lag unter dem Bettlaken nackt, schob es zur Seite, nahm Nele an die Hände, die im Morgenrock vor ihm stand und zog sie auf sich ins Bett. Er küsste sie auf die Lippen, knöpfte zugleich ihren Morgenrock auf und zog sie nackt aus. Erfreulich erwiderte sie die Küsse.

Ihr herrlich formierter Körperbau, mit langem Hals und mittelgroßen, runden, prall stehenden Brüsten, auf denen große dunkel braune Brustwarzen emporragen, der die braune Hautfarbe als Gewand hatte, verstärkte bei Thomas feurig seine Erektion, die ohnedies schon vom Hören ihrer Stimme zum Anregen kam.

Zärtlich drehte er ihren Körper, legte sie auf den Rücken, kniend zwischen ihren gespreizten Beinen nahm er sie mit beiden Handflächen unter Oberschenkel und an Hinterbacken und erhob ihren Hinterteil und die Beine.
Sogleich schob Nele mit Fingern der linken Hand ihre Lippen auseinander und lenkte sanft mit der rechten Hand sein Glied zwischen den Lippen an. Haltend mit den Handflächen an Hinterbacken, legte er sich auf sie und drückte sie immer wieder heftiger an sich, sodass ihre Genitalien sich aneinander anschmiegen und durch den Kitzel Orgasmus hervorrufen.
Stöhnend lag sie mit zugedrückten Augen und genoss die Wonnegefühle der Begattung und des Orgasmus.

»Thomas, du bist so süß. Was werde ich ohne dich machen?«

»Nele, ich komme doch.«

»Aber wann denn? Ich werde mich nach dir sehnen und jeden Tag auf dich warten,« vergrämt antwortete sie.

»Sobald ich Zeit habe, komme ich zu dir! Ich liebe dich! Außerdem werde ich dich finanziell unterstützen, solange du ohne Arbeit bist.«

»Thomas, mache dir darum keine Sorge. Ich habe Geld.«

»Trotzdem werde ich dir immer beiseite stehen,« freundlich sagte er zu ihr.

Zwei Tage später rief Thomas bei Nele an und sagte: »Nele, ich bin heute wieder in Siebenzelt und zur Übernachtung möchte ich zu dir kommen.«

»Ich würde mich sehr freuen,« antwortete sie.

Um 20 Uhr abends ist Thomas vorbeigekommen. Nele war schon wie immer mit Aufräumung, Duschen, Zubereitung des Essens fertig und wartete auf ihn. Sie verbrachten die Zeit wie immer zu zwei. Ganze Nacht liebten sich die beiden und zeigten ihre große Gefühle der Liebe zueinander.

Über eine Woche berichtete Thomas: »Alexander, in der vergangenen Woche verkaufte mein Informant »Roter« zweimal Fleisch auf dem Basar. Jedes Mal kam morgens zu ihm Peter Krammer und guckte die Unterlagen, wie beispielsweise Bescheinigung vom Labor für das Fleisch usw. an. Dabei nahm er ihm jedes Mal sein Führerschein weg, den er nach dem Verkauf des Fleisches bei ihm abholen sollte.

Zum ersten Mal erklärte Peter Krammer ihm, dass der Basar sich auf seinem Bezirk befindet. Er nimmt in Schutz jeden Verkäufer vor Erpressern. Dafür musste »Roter« jedes Mal 5% vom Erlös an Peter Krammer zahlen. Krammer sagte ihm, dass er häufiger und mehr Fleisch verkaufen sollte. Und das Fleisch soll er nur an dieser Stelle auf dem Basar verkaufen.«

»Thomas, das ist schon kompromittierendes Material. Schreibe darüber ein Rapport. Jetzt werde ich zum Vorgesetzten mit Begründung gehen können,« erfreut antwortete Alexander.

Als der Vorgesetzte der Verwaltung des Innenministeriums von Gebiet Siebenzelt Ludwig Kult den Rapport von Alexander ließ, fiel ihm der Fall von der Entdeckung im Fichtenwald der Leiche eines Mannes mit abgeschlagenem Glied ein, und er ließ zu sich sofort den Vorgesetzten der Verwaltung über die Kriminalpolizei der Verwaltung von Gebiet Siebenzelt Mohammed Kai kommen.

»Herr Kai, Alexander reichte Rapport über Missbrauch der Stelle vom Bezirksinspektor Peter Kramer ein.

Mohammed, wie Sie wissen, ermittelt Alexander mit seiner Gruppe aus dem Polizeirevier Maibach Diebstahl der Angorawolle. Seit ein paar Monaten wurde der Kaufmann der Fabrik für Verarbeitung der Wolle Konrad Lasche verschollen. Jetzt hat Alexander Verdacht, dass mit dem Verschwinden von Konrad Lasche irgendwas der Bezirksinspektor Peter Kramer und der private Unternehmer Olaf Heuer zu tun haben.

Mohammed, ihre Aufgabe ist die Koordination zwei Polizeirevier unter Kontrolle zu nehmen und leiten. Beim Bedarf leisten Sie ihnen Hilfe durch Einsatz der zusätzlichen Inspektoren.

Alexander, Sie bekommen meine Genehmigung zur geheimen Aufsicht nach dem Bezirksinspektor Peter Kramer. Ab sofort werden mehrere Beschatter der Dienstabteilung für die geheime Beobachtung Tag und Nacht den Bezirksinspektor Peter Kramer im Auge behalten.

Sollten Sie irgendwelche Frage oder Bitte haben, stehe ich und meine Vertreter Ihnen jederzeit zur Verfügung,« stellte jetzt die Aufgabe Ludwig Kult.

Von nun an wurden die Hände von Alexander nicht mehr gebunden. Er traf sich mit Marcus Wagner und Thomas Ring.

»Marcus und Thomas, ich möchte andere Inspektoren zur Ermittlung nicht einsetzten. Ich sagte euch immer, je mehr Leute von irgendwelcher geheimen Information in Kenntnis gesetzt werden, desto schneller wird solch eine Information nicht mehr geheime sein. Was wissen zwei Menschen, das wissen alle Menschen.

Der Vorgesetzte der Verwaltung des Innenministeriums über Gebiet Siebenzelt Ludwig Kult genehmigte die geheime Beobachtung nach dem Bezirksinspektor Peter Kramer.

Ich glaube, dass nach ein paar Tagen wir mehr Arbeit haben werden,« erfreulich teilte er den beiden mit.

»Alexander, von bekannten Mitarbeitern der Polizeirevier, wo Peter Krammer beschäftigt ist, erfuhr ich, dass Peter Krammer für die

Orientierung über Entdeckung einer Leiche mit abgeschlagenem Glied im Fichtenwald aktive Interesse bekunden hat,« rapportierte Marcus.

»Jetzt werden wir niemanden davon in Kenntnis setzen. Sollte Peter Krammer mit dem Verschwinden von Konrad Lasche zusammenhängen, dann wird er jetzt aktiv mit seinen Mittätern Kontakt aufnehmen. Ich glaube die Beschatter der geheimen Beobachtung werden seine Beziehungen dokumentieren,« redete erfreut Alexander.

Und dann fragte er Thomas: »Wie weit bist du mit dem Verhör der Kaufleute von Sowchosen, Kolchosen und andern Unternehmen, die laut der Rechenschaften von Konrad Lasche Wolle an die Fabrik verkauft haben?«

»Da ist noch viel Arbeit, weil das Kaufleute von Sowchosen, Kolchosen und anderen Unternehmen vom ganzen Gebiet sind,« berichtete Thomas.

»Thomas, beauftrage damit noch 4. Inspektoren. Das ist ganz wichtig, weil dadurch die Menge der Überschüsse festgestellt werden müssen, die Konrad Lasche für Olaf Heuer gemacht hat. Wenn ihr die Überschüsse aufdeckt, dann wird die Mitbeteiligung von Konrad Lasche in Verübung der Aneignungen der Gelder zusammen mit Olaf Heuer, nachgewiesen. Wenn die beiden Mittäter sind, dann sind sie vielleicht zusammen verschwunden. Was ich zugleich als sehr unwahrscheinlich halte. Somit bleibt die Version, dass Olaf Heuer einen Killer beauftragt hat, ihn umzubringen.

119

Wer sollte in solchem Falle der Killer sein?«, nachdenklich redete Alexander mit Thomas.

XIII. Verhör der Kaufleuten von Sowchosen und Kolchosen

Eine Woche Später berichtete Thomas: »Alexander, wir haben viele Kaufleute von Sowchosen und Kolchosen und anderen Unternehmen vernommen, die innerhalb der letzten drei Jahre an die Fabrik durch Konrad Lasche Wolle verkauft haben.

Jetzt ist klar, wie Konrad Lasche die Überschüsse während des Einkaufs der Wolle gemacht hat. Beim Einkaufen der Schaf- oder Angorawolle von den Kaufleuten der Sowchose und der Kolchose stellte er ihnen Bedingung, dass sie an ihn 10% vom Gewicht der Wolle abtreten. Somit machte er durch eine Gewichtermäßigung bei ihnen das Manko an Wolle, das er dann durch die Anwendung der günstigen Einkaufspreise je 1 kg der Wolle den Gesamtbetrag ausgeglichen hat.

Beispiel: Er kaufte 3000 kg für 30,00 Rubel je 1 kg ein

3000 kg * 30,00 Rubel = 90 000 Rubel

Davon trat der Kaufmann an ihn 10%, nämlich 300 kg vom Gewicht ab.

Und Konrad Lasche erstellte Einkaufsrechnungen über 2700 kg Wolle für 33,34 Rubel je 1 kg ein.

2700 * 33,34 Rubel = 90 018 Rubel

Für die Differenz von 300 kg Wolle erstellte später die Buchhalterin vom Unternehmen »Svoboda« Frau Nele Magnet auf den Namen Jacoby Schnittke gefälschte Liefererscheine und Rechnungen an die Fabrik, als ob Konrad Lasche vermeintlich die Wolle durchschnittlich für 45,00 Rubel je 1 kg eingekauft hat.

300 kg * 45,00 Rubel = 13 500 Rubel

Auf solche Weise kaufte Konrad Lasche die Wolle bei allen Kaufleuten der Sowchose und der Kolchose ein. Den Kaufleuten, die nicht mitmachen wollten, wurden verschiedene Probleme gemacht, einschließlich bedroht.«

»Wer hat denn ihnen bedroht?«, fragte Alexander.

»Sie kennen die Leute nicht. Die Erpresser waren nicht von der Fabrik für die Verarbeitung der Wolle. Und die Kaufleute sagten, dass sie die Erpresser nicht erkennen können. Wahrscheinlich haben sie Angst vor ihnen,« antwortete Thomas.

»Thomas, nach der Inventur bei der Fabrik für Verarbeitung der Wolle sollte dokumentarische Revision der Rechenschaften von Konrad Lasche durchgeführt werden. Ich glaube, jetzt wird uns mehr und mehr klar, dass Olaf Heuer und Konrad Lasche Mittäter sind.

Wir müssen die Suche nach Olaf Heuer und nach seinem Leibwächter Maik Gordon sowie nach Konrad Lasche aktivieren,« beauftragte ihn Alexander.

XIV. Mitteilung hinsichtlich Peter Krammer

Als Peter Krammer beim Polizeirevier die Orientierung über die Entdeckung im Fichtenwald des Eingrabungsortes, an dem eine männliche Leiche mit abgeschlagenem Glied verscharren wurde, sah er sich das beigefügte Foto von der Leiche an.

»Die Leiche ist kaum zu erkennen, möglicherweise wird auch nicht identifiziert. Aber das ist bestimmt Konrad Rasche. Obwohl Peter an Fakultät Jura nicht studiert hat, hat er während seiner Arbeit bei der Polizei von den sogenannten »gleichen bzw. ungleichen Schriften« bei der Verübung der Verbrechen, wie z. B. Diebstahl, Vergewaltigung, Mord usw. gehört.

Nach den »gleichen Schriften« werden auch erfolgreich die Mörder festgestellt. Ich muss mich ab sofort mit Frank treffen. Er muss jetzt das wissen. Das sollte für ihn keine Überraschung werden und er soll zu allem bereit sein,« dachte er.

Die Orientierung gab ihm keine Ruhe. Im Nu legte er alle Termine mit Besuchern beiseite und fuhr zum »Süd – Basar«, wo sein Bruder Frank als Aufseher gearbeitet hat. Nach dem Arbeitsvertrag musste er als Aufseher amtlich bzw. offiziell darauf achten, dass alle Kommersanten und Käufer auf dem Basar die geltende Vorschriften über Handelsverkehr erfüllen.

Frank war 27 Jahre alt, nicht verheiratet, zwei Meter groß und hatte einen athletischen Körperbau. Er trieb viel Sport und war ein guter Ringkämpfer. Um sich zu bereichern, bildete er wie viele andere Jungs bzw. Männer seine Bande und erpresste die Kommersanten, die durch Warenhandlungen ihre Haushaltskosten bestritten haben.

Frank gründete auch ein Sportverein, wo er den jungen Leuten Ringkampf beigebracht hat. Aber von den finanziellen Einnahmen war er unzufrieden.

Inoffiziell stellte Frank eine Bande aus 6. Männern auf, die von Kommersanten auf dem Basar und im Umkreis des Stadtbezirks für die Zusage auf das Recht auf Handel mit Waren ein Tribut in Form von Geld verlangt haben.

Die Mitglieder der Bande gaben das durch die Erpressung gesammelte Geld ihm ab. Dafür zahlte er ihnen ihre Löhne, nahm für sich einen Teil und musste davon auch weiterhin an die Beamten der Polizei, des Gouverneur zahlen.

Und seine Haupteinnahmen in Geld verdiente Frank als Killer durch begehen der Ermordungen im Auftrage von bedeutenden Verbrechern, die am meisten Amtspersonen gewesen waren.

Peter kam zum Basar und traf sich mit Frank. Sie gingen ins Auto von Peter und redeten dort eine halbe Stunde. Dass sie sich getroffen haben, wurde von den Polizisten der Beobachtungsabteilung dokumentiert.

Aber die Leitung der Beobachtungsabteilung machten Fehler, dass sie an das Auto das Gerät zum Abhören nicht befestigt haben.

»Frank, stell dir vor, die Leiche von Konrad Lasche wurde gefunden,« enttäuscht sagte Peter.

»Woher weißt du, dass das die Leiche von Konrad Lasche ist?«, erstaunt und erschreckt fragte Frank.

»Die Kriminalpolizisten hingen an die Tafel für die gesuchten Verbrecher eine Orientierung an. Der Orientierung wurde ein Foto von der Leiche beigefügt. Die Leiche ist kaum zu erkennen. Aber in der Orientierung steht, dass die Leiche im Fichtenwald gefunden wurde und, dass an der Leiche das männliche Glied fehlt. Verstehe ich nicht, wieso du solch ein Fehler gemacht hast?«, leise, besorgt und beruhigt antwortete Peter.

»Damit die Bulle denken, dass der Mann von einem Wahnsinnigen oder wegen Eifersucht umgebracht worden war,« schlagend sagte Frank.
»An wie vielen Leichen hast du das gemacht?«
»Er war der Dritte.«

»Wenn irgendwann die anderen zwei Leichen gefunden werden, dann können die Bulle nach der »gleichen Schrift« ermitteln,« aufgeregt und besorgt antwortete Peter.
Als Peter und Frank darüber geredet haben, vermuteten sie nicht, dass Inspektor Alexander mit seiner Gruppe mit der Abarbeitung der Beiden begonnen haben.

Bei den Verhören der anderen Kaufleuten von der Fabrik für die Verarbeitung der Wolle hat Thomas Ring mittels geheimer Arbeit erfahren, dass Peter und Frank Krammer mit einigen von ihnen Kontakt aufgenommen haben und wollten sie überreden mit ihnen zu arbeiten.

Deswegen nahm bei Alexander, Marcus Wagner und Thomas Ring der Verdacht über Ermordung Konrad Lasche von Brüder Krammer zu.

Zwei Tage später traf sich Alexander mit dem Vorgesetzten der Verwaltung der Kriminalpolizei Mohammed Kai, der ihm vom Fall über die Aufdeckung der Leiche mit abgeschlagenem Glied im Fichtenwald erzählte.
Dabei empfahl er Alexander unbedingt mit dem Untersuchungsrichter der Staatsanwaltschaft Werner Falle im engen Kontakt zu bleiben.

Während des Treffens mit Werner Falle erzählte Alexander alles über die Ermittlungen hinsichtlich Konrad Lasche und den Verdacht, dass er von Peter Krammer und seinem Bruder Frank getötet worden war.

»Wenn Sie solch einen Verdacht haben, dann können wir doch eine biologische Expertise durchführen. Außerdem behaupten Sie, dass an der Leiche die Experten ein langes menschliches Haar, das der Leiche nicht gehört, gefunden haben,« überzeugte ihn Werner Falle.

»Okay, wir nehmen Haare von den Brüdern Krammer und legen sie Ihnen vor,« billigte sein Vorschlag Alexander.

Nach zwei Tage bekam Werner Falle von Alexander die Haare von beiden Brüdern Krammer in versiegelten Kuverts, so wie es für die Durchführung der Expertise eingepackt sein sollte.

Die Haaren wurden inoffiziell genommen.

Werner Falle verordnete die Durchführung der Expertise und nach zwei Wochen bekam er den Abschluss von Experten, in dem stand, dass das Haar eindeutig Frank Krammer gehört.

»Was nun?« dachte Falle.

Dann rief er beim Oberinspektor der Kriminalpolizei Dennis Blei an und lud ihn zu sich aufs Dienstzimmer ein.

»Herr Blei, die durchgeführte Expertise zeigt eindeutig darauf, dass das Haar von der Leiche aus dem Fichtenwald Frank Krammer gehört. Herr Blei ich habe Sie vorher in die Geschichte mit Konrad Lasche, von denen mir Alexander erzählte, nicht eingeweiht.

Deshalb ist die Nachricht für Sie eine Überraschung. Ich möchte, dass Sie Frank Krammer unverzüglich festnehmen. Den Beschluss kriegen Sie von mir sofort,« berichtete und beauftragte ihn Falle.

Dennis Blei war ein sehr erfahrener Oberinspektor. Er nahm die Auskunft von Werner Falle beleidigt an. Für ihn war übliche Angelegenheit, dass die Kriminalpolizei die Täter feststellt und nicht die Staatsanwaltschaft. In seinem Leben als Oberinspektor der Kriminalpolizei war das wirklich eine Überraschung.

Er bekam den Beschluss zur Festnahme von Frank Krammer und verlies sein Dienstzimmer.

Als er bei der Verwaltung der Kriminalpolizei ankam, ging er ins Dienstzimmer vom Oberinspektor Anton Böttcher und sagte wütend: »Seit wann stellte die Staatsanwaltschaft die Täter fest und wir wissen davon gar nichts?«

»Beruhige dich doch! Sie müssen auch etwas machen. Fahren wir zu zwei oder?« fraglich sagte Böttcher.

»Kennst du ihn?«, fragte Blei.

»Nein, woher sollte ich ihn kennen? Und Werner Falle weiß alles von ihm: Wo er wohnt, wo er arbeitet, das der Bezirksinspektor Peter Krammer sein Bruder ist,« fraglich antwortete Böttcher.

»Möglicherweise kennt sich Frank Krammer in unserer Arbeit aus. Er kann auch bewaffnet sein,« machte ihn hellhörig Blei.

»Wir nehmen ihn fest, wenn er nach Hause kommt. Damit das niemand aus seiner Bande mitkriegt,« sagte überzeugend Böttcher.

Festgenommener Frank Krammer wurde sofort zu Werner Falle mit Handschellen gebracht.

Obwohl Werner Falle ihn mit dem Abschluss von Experten bekannt machte, legte Frank Krammer kein Geständnis ab. Er verlangte die Verordnung einer neuen Expertise, seine Freilassung und bestellte einen Rechtsanwalt.

Beim Vernehmen lernte Werner Falle ihn sehr aufmerksam kennen: Franks neugieriges, sozusagen, wissensdurstiges Verhalten den

Beweisstücken gegenüber war sehr merkbar. Sein Benehmen war auf der Hut. Nur am Ende der Bekanntmachung sagte er: »Davon weiß ich gar nichts. Ich habe damit nichts zu tun.«

Werner Falle wusste, dass sich die unschuldige Menschen in der Praktik üblicherweise anders benehmen. »Wenn ein Mensch unschuldig ist bzw., an der Verübung der Verbrechen nicht beteiligt gewesen war, dann verzichtet er von Anfang der Vernehmung an auf die Erläuterung der mildernden und erschwerenden Umstände, die bei der Verurteilung vom Gericht in Betracht genommen werden.

Hier ist nicht der Fall. Frank Krammer zeigte großes Interesse am Inhalt des Abschlusses der Experte hinsichtlich der Zugehörigkeit des Haares von der Leiche. Das Blut am Schädel der Leiche kann aus dem Koffer des Autos von Frank Krammer stammen. Im Koffer ist genug Blut vom Fleisch der Tieren,« überlegte sich lehrhaft Falle.

XV

Peter Krammer kam nicht mehr zur Arbeit ins Polizeirevier. Wie die Beobachtungsabteilung mitgeteilt hat, nahm er Kontakte mit mehreren Mitgliedern der Bande von Frank auf, um von ihnen zu erfahren, wo sich Frank befinden kann.

Aber niemand von ihnen wusste, dass Frank festgenommen worden war und zum Verhör zum Untersuchungsrichter der Staatsanwaltschaft Werner Falle gebracht wurde.

Er geriet in Panik und fuhr nach Hause zu Olaf Heuer und Maik Gordon. Niemals vorher machte er etwas Ähnliches, weil Olaf niemandem erlaubt hat, ihn Zuhause zu besuchen.

Sowohl Olaf als auch Maik hat er Zuhause nicht erreicht. Ihre Hausgehilfin wussten bis jetzt gar nichts von ihrem Aufenthaltsort. Auf die Frage von Peter: »Wo kann Olaf sein?«, antwortete seine Hausgehilfin: »Als er sein Koffer mit Sachen abgeholt hat, sagte er nur, dass er mindestens halbes Jahr weg sein wird. Mehr hat er nichts gesagt.«

Ihre Hausgehilfin wussten wirklich nicht, dass sie ins Ausland ausgereist sind. Schon vor dem Besuch vermutete Peter auch, dass die Hausgehilfin von den beiden solche Antworten geben werden. Weil bei Olaf Heuer und Maik Gordon üblich gewesen war, die dritte Personen weniger in ihre Angelegenheiten einzuweihen.

Er behielt im Gedächtnis den Zauberspruch von Olaf Heuer, den er damals bei Geldübergabe für Max und Holger Pappel fallen ließ: »Je weniger Personen man in die eigene Angelegenheiten einweihen wird, desto heiler und unversehrter bleibt man selber.«

Mit der Hoffnung etwas zu erfahren, fuhr Peter zur Verwaltung der Kriminalpolizei und traf sich mit Inspektoren, die er während der Arbeit kennen gelernt hat.
Kein Mensch sagte ihm etwas über seinen Bruder, weil von Franks Festnahme nicht einer von ihnen in Kenntnis gesetzt war.

Die Beobachtungsabteilung der Verwaltung des Innenministeriums über Gebiet Siebenzelt dokumentierte jetzt alle Beziehungen von Peter Krammer.

Bis in die Nacht suchte er erfolglos nach Frank. Und die Ermittler schickten absichtlich am ersten Tag keine Mitteilung an ihn, dass sein Bruder Frank festgenommen worden war.

Die beiden haben keine Eltern. Peter hat sich schon lange Zeit um 10 Jahre jüngeren Bruder gekümmert.

Um irgendwelchen Einfluss auf die Aussagen von Frank Krammer zu vermeiden, wurde er für die Nacht auf Hinweis von Werner Falle von Dennis Blei und Anton Böttcher in die Isolierzelle des Untersuchungsgefängnisses gebracht.

Am nächsten Tag morgens erwartete Peter neben der Staatsanwaltschaft auf Frank, weil er geahnt hat, dass die Staatsanwaltschaft gegen ihn wegen Mord ermittelt. Viertel vor 9 Uhr wurde Frank mit Schellen von Dennis Blei und Anton Böttcher in das Gebäude der Staatsanwaltschaft hineingeführt.
Unter Aufsicht der Beobachtungsabteilung waren seine Beziehungen weiterhin dokumentiert worden.
Seine Aufgabe war jetzt über jemanden von der Staatsanwaltschaft zu erfahren, wer von Untersuchungsrichtern die Ermittlungen führt. Für ihn war ohne Zweifel, dass Frank wegen des Mordes von Konrad Lasche verhaftet worden war.

Von einem Bekannten Mitarbeiter der Staatsanwaltschaft erfuhr er, dass die Ermittlungen vom Untersuchungsrichter der Staatsanwaltschaft Werner Falle, von zwei Oberinspektoren der Kriminalpolizei der Verwaltung Dennis Blei und Anton Böttcher sowie von Alexander und seiner Gruppe aus Polizeirevier Maibach geführt werden.

Von anderen Mitarbeitern der Staatsanwaltschaft und der Verwaltung des Innenministeriums über Gebiet Siebenzelt wusste Peter, dass niemand von den Ermittlern bestechliche gewesen war. »Das ist jetzt unser Ende,« dachte er.

In diesem Augenblick ging ihm durch den Kopf sein ganzes Leben und sein Bruder Frank, den er in der Tat zum Verbrecher, einschließlich zum Mörder gemacht hat: »Anstatt nach dem Tode der Eltern, denen ich zu ihren Lebzeiten mein Wort gab, auf Frank aufzupassen, in ihm mehr Menschlichkeit zu erziehen, drillte ich in ihm mehr die Abneigung und Ablehnungsgefühle zunächst gegen die Pädagoge in der Schule und mit dem Alter gegen die ganze Gesellschaft.

Ich habe in ihm den Egoismus, die Dreistigkeit und Hass zu Menschen erzogen. Nach und nach ist Frank zum gedungenen Mörder geworden. Und ich verübte zusammen mit ihm einige Verbrechen, einschließlich den Mord von Konrad Lasche.

Wie kann ich ihm helfen? Ich muss jetzt meine Kräfte zusammennehmen. Ich darf auf keinen Fall denn Mut verlieren.«

Bis zum Abend verbrachte Peter die Zeit in seinem Auto neben dem Gebäude der Staatanwaltschaft. Er wusste nicht, dass auf ihn schon ein paar Tage die Mitarbeiter der Beobachtungsabteilung angesetzt wurden.

Werner Falle, Dennis Blei und Anton Böttcher haben den ganzen Tag Frank Krammer über den Mord an Konrad Lasche vernommen.

Frank Krammer gestand den Mord an Konrad Lasche: »Ich erinnere mich nicht an Datum, wann ich den Mord begangen habe. Etwa vor ein paar Monaten bestellte Olaf Heuer über seinen Leibwächter Maik Gordon gegen Bezahlung von 100 000 US Dollar die Ermordung von Konrad Lasche. Ich kannte Konrad, weil ich und mein Bruder Peter Krammer mit ihm früher über Einkauf der Schafwolle geredet haben.

Am Tag der Heimkehr aus der Dienstreise wartete ich auf ihn abends neben seinem Haus. Wir redeten über Einkauf der Wolle und ich verlockte ihn zum Gespräch in mein Auto. Im Auto kam es nicht zur Rede. Als er ins Auto eingestiegen war, erwürgte ich ihn.«

»Womit haben Sie ihn erwürgt?«, fragte zur Präzisierung Falle.
»Ich erwürgte ihn mit einem Drahtseil.«

»Herr Krammer, der Experte behauptet in seinem Abschluss, dass der Mörder das Opfer von hinten erwürgt hat,« fuhr Falle fort.
»Genauso geschah das auch. Zuerst setzte ich mich ins Auto auf den hinteren Sitz. Danach stieg Lasche ins Auto ein. Er stieg mit dem Rücken

nach vorne ein. In diesem Moment legte ich um seinen Hals von hinten die Drahtseile und erwürgte ihn. Er war schnell Tod.«

»Was haben Sie danach gemacht?«, fragte wieder Falle.

»Auf dem hinteren Sitz lehnte ich ihn an den Salon und an die Rückenlehne an und sitzend brachte ich ihn in den Fichtenwald. Dort zog ich ihn aus und begrub ihn.«

»Herr Krammer, wo sind die Klamotten von Konrad Lasche?«, stellte die Frage Falle.

»Ich habe seine Sachen in den Fluss geworfen.«

»Herr Krammer, haben Sie etwas an der Leiche gemacht?«, fragte neugierig Falle.

»Nein, gar nichts. Einfach ganz nackt eingegraben,« antwortete Frank.

Inzwischen ging Peter ins Gebäude der Staatsanwaltschaft, wandte sich an den Pförtner und fragte: »Kann ich mich mit Werner Falle treffen?«

»Wer sind sie denn und was soll ich Herrn Falle ausrichten?«, fragte Pförtner.

»Ich bin Bezirksinspektor Peter Krammer. Mir ist bekannt, dass mein Bruder Frank Krammer vom Untersuchungsrichter Werner Falle verhaftet worden war und schon zweiten Tag vernommen wird.

Ich bin der einzige nahe Verwandte von ihm. Ich möchte mich mit Herrn Falle treffen und fragen, wofür er verhaftet wurde,« bedauerlich wandte sich Peter Krammer an Pförtner.

Pförtner rief bei Werner Falle an, berichtete ihn über den Besuch von Peter Krammer.

»Sagen Sie Herrn Krammer, dass sein Bruder Frank wegen des Verdachtes an Ermordung verhaftet worden war und wird verhört. Unsere Mitteilung über seine Verhaftung ist an ihn gestern ausgegangen. Für das Treffen habe ich keine Zeit,« antwortete Falle.

Peter wurde jetzt klar, dass die Ermittler gegen Frank Beweisstücke über sein Mord an Konrad Lasche verfügen.

Er wartete in seinem Auto noch ein paar Stunden. Wieder und wieder ging bei ihm durch den Kopf: »Wenn Werner Falle mich bis jetzt nicht verhaftet hat, dann legte Frank kein volles Geständnis ab. Vielleicht hat er bis jetzt überhaupt kein Geständnis abgelegt? Aber wenn sie ihn festgenommen haben, dann heißt es, dass sie gegen ihn Beweise haben. Daran bin ich Schuld, dass Frank zum Verbrecher geworden ist.

Ich war weder für Frank noch für meine Kinder ein Vorbild. Vor drei Jahren verließ mich meine Frau Stefanie mit meinen zwei Kindern: Tochter - Anne und Sohn - Karl, weil sie mich beim Sex mit meiner Geliebten Susanne im Auto erwischt haben.

»Du bist ein unverschämtes Schwein. Das Mädchen ist jünger als unsere Tochter und du treibst mit ihr Sex. Sie ist Klassenkameradin von unserem Sohn. Gestern abends kamen ich und Karl von der Elternberatung und haben euch in unserem Auto gesehen. Sie saß auf dir ganz nackt rittlings und vögelte dich,« sagte sie.

»Susanne war wirklich noch sechszehn Jahre alt und ein schulpflichtiges Mädchen. Sie besuchte die zehnte Klasse. Aber wie sie mich liebte, konnte nicht jede erwachsene Frau, mit denen ich Liebe gehabt habe, machen. Man dreht von ihrer körperlichen Anziehungskraft durch. Sie machte mich jedes Mal einfach verrückt. Ich konnte ihrem sexuellen Verlangen nicht widerstehen,« ging ihm durch den Kopf.

Gegen Feierabend wurde Frank wieder von Dennis Blei und Anton Böttcher ins Isolierzelle des Untersuchungsgefängnisses gebracht. Aus dem Gebäude der Staatsanwaltschaft wurde er wieder durch den Geheimgang ins Auto geführt.

»Anton, ich glaube, wir müssen an Frank in der Zelle unseren Agent ansetzen. Wenn wir ihn richtig verhören werden, sodass seine Aussagen von niemandem beeinflusst werden, dann können wir auch andere Ermordungen ermitteln. Weißt du warum ich darüber rede?«, rätselhaft und enthusiastisch fragte Blei.

»Nein. Woher sollte ich davon wissen?«, fragend antwortete Anton.

»Als du aus dem Dienstzimmer von Werner Falle ausgegangen warst, rief ihn der Vertreter des Staatsanwaltes über Gebiet Siebenzelt Herr Maik Peterson an. Sie redeten wahrscheinlich 10 Minuten. Peterson interesseierte sich für Aussagen von Frank Krammer. Dabei fragte er ob Frank Krammer volles Geständnis abgelegt hat. Dann sagte er, dass wir ihn auch nach den anderen nicht aufgedeckten Morde, besonders Morde auf Bestellungen gegen Bezahlungen verhören sollen. Du kennst doch den Schweinehund Maik Peterson. Das ist ein Verbrecher. Er sucht immer solche Angelegenheiten, wo er Bestechungsgeld bekommen kann,« erzählte ihm Blei.

»Falle sagte ihm, dass wir noch nicht soweit sind; dass wir ganz gewiss ihn auch nach den anderen Morde vernehmen werden, aber später,« sagte Anton.

»Wahrscheinlich wollte Maik Peterson etwas über andere nicht aufgedeckte Ermordungen hören. Kann sein, dass sich jemand von seinen Bosse-Kumpeln bei ihm schon erkundigt hat. Frank, wie uns jetzt bekannt ist, war ein Killer und er hatte auf ihre Aufträge die missliebige Leute, vielleicht auch ihre ehemalige Kumpeln bzw. Mittäter gegen Bezahlung umgebracht,« erzählte Blei weiter seinem Kollege Anton.

»Können wir den zwei Begleitpolizisten vertrauen?«, fragte Anton.

»Glauben ist gut, Kontrolle ist besser. Heutzutage kann man niemandem vertrauen.

Es wird doch unter Verbrechern nicht umsonst gesagt: »Ein toter Mensch macht keine Probleme«. Deshalb behaupte ich, dass wir an Frank in der Zelle unseren Agent ansetzen müssen.
Falls wir es nicht tun, besteht die Gefahr, dass die ehemaligen Auftraggeber ihn aus Furcht vor seiner Aussagen umbringen werden.

Solche Leute haben lange Hände. Sie werden ihn auch in der Zelle des Gefängnisses erreichen,« machte Blei die Ermittler hellhörig.

XVI

Die Wirtschaftskrise in der Sowjetunion, Privatisierung des staatlichen Vermögens, einschließlich der Unternehmen, Kommerzialisierung und Entwicklung der privaten Unternehmen beeinflussten die Veränderungen der Mentalitäten der Menschen, besonders der jungen Menschen bzw. der jungen Generation.

Um zu überleben bildeten die arbeitslosen Menschen und oft auch die Beschäftigte bei Justiz, Polizei, Staatsanwaltschaft, Sicherheitsorganen usw. Banden für Erpressung der privaten Unternehmer, der Kommersanten.
Im Lande herrschte Chaos, Korruption, Bestechung und Unverantwortlichkeit der Rechtsbrecher.

Durch das Zusammenwachsen der verbrecherischen Banden und der korrupten Amtspersonen bildeten sich mehr und mehr Strukturen, die mit Mafiamethoden das Vermögen der anderen Unternehmer für sich angeschafft haben.
Es kamen zum Wiederaufleben die Gaunersprache, die Zunahme der Rolle der Autoritäten von Diebe in Gesetzen bzw. der Pate, die immer mehr ihr gemeinsames Geld auch in die verbrecherische Geschäfte investiert haben.

Unter der Mafioso - Gesellschaftlichen Atmosphäre bildete sich bei vielen Amtspersonen die Allmächtigkeit heraus. Bei ihnen entstand feste Überzeugung daran, dass man gegen Bestechungsgeld jede Verantwortung vermeiden kann.

Genauso fühlte sich der Bezirksinspektor Peter Krammer. Und jetzt, als die unbestechliche, ehrliche Ermittler ihren Bruder Frank wegen des Mordes verhaftet haben, fühlte er sich als Versager bzw. Null. Seine Hilflosigkeit gab ihm keine Ruhe. Er trank sich einen Rausch an.

Am nächsten Tag wurde seine Leiche Zuhause von seinen Kollegen, die ihn wegen der Arbeit gesucht haben, gefunden. Peter Krammer, der Allmächtiger, erschoss sich.

Als sein Bruder Frank davon erfahren hat, nahm er die Neuigkeit sehr schmerzlich an. Für ihn war der Tod seines Bruders eine große seelische Belastung. Werner Falle merkte, dass er zum Verhör nicht fähig gewesen war.

Frank litt unter Schock. Bis jetzt hat Frank Hoffnung gehabt, dass Peter ihn aus dem Gefängnis herausholen wird. Werner Falle verschob das Verhör auf den nächsten Tag.

Ein Tag später legte Frank bei der Vernehmung ein volles Geständnis ab, wie er und sein Bruder Peter den Mord an Konrad Lasche begangen haben.

»Wie gesagt, ich erinnere mich nicht an Datum, wann wir den Mord begangen haben. Etwa vor ein paar Monaten bestellte Olaf Heuer über seinen Leibwächter Maik Gordon gegen Bezahlung von 100 000 US Dollar die Ermordung von Konrad Lasche. Maik gab mir das Geld sofort während der Bestellung des Mordes ab. Ich kannte Konrad, weil ich und mein Bruder Peter Krammer mit ihm früher über Einkauf der Schafwolle geredet haben.

Aber ich wusste nicht wo er wohnte. Deshalb fuhr ich mit meinem Auto zu Peter und erzählte ihm vom Auftrag zur Ermordung von Konrad Lasche.

Am Tag der Heimkehr aus der Dienstreise von Konrad Lasche warteten ich und Peter auf ihn abends neben seinem Haus. Als er gekommen war, setzte ich mich auf den hinteren Sitz. Peter stieg aus, redete mit ihm und verlockte ihn zum Gespräch ins Auto.

Die beiden setzten sich ins Auto und redeten über Einkauf der Wolle. Aber das war nur eine Ablenkung. Lasche saß auch vorne. Ich legte um seinen Hals von hinten die Drahtseile und erwürgte ihn. Lasche erwartete sowas nicht und leistete kaum Widerstand. Er war sehr schnell Tod.

Es war dunkel. Wir legten ihn in den Kofferraum und sind Richtung Fichtenwald gefahren. Ich kenne mich in der Gegend nicht gut aus. Als wir auf dem Land waren, fuhr Peter auf den Weg, der durch den Fichtenwald führt.
Unterwegs fuhr er an den Fluss heran. Dort nahmen wir die Leiche von Lasche aus dem Kofferraum, zogen ihn aus und legten ihn wieder in den

Kofferraum. In diesem Augenblick hackte ich ihm mit meinem Hackmesser sein Glied ab. Seine Sachen und das Glied warf ich in den Fluss. Danach fuhren wir tiefer in den Wald.

Neben einem Sumpf hielt Peter an und da gruben wir mit dem Spaten eine Vertiefung in der Erde aus und verscharrten seine Leiche. Es war eine stockfinstere Nacht.

Als wir fertig waren, fuhren wir zurück in die Stadt. Peter stieg Zuhause aus und ich fuhr nach Hause. Um drei Uhr nachts war ich Zuhause. Später haben wir uns niemals um die Leiche gekümmert. Der Fall mit Konrad Lasche war für uns wie eine alltägliche Geschichte,« legte Frank das Geständnis ab.

»Frank, warum haben Sie der Leiche das Glied abgeschlagen?«, stellte zur Präzisierung die Frage Falle.
»Ich hielt für möglich, dass die Leiche von jemandem gefunden wird. Und dadurch bezweckte ich die Ermittler irreführen. Damit die Ermittler denken, dass die Ermordung infolge von Eiversucht oder von einem Wahnsinniger begangen wurde.

Peter hat mir einmal gesagt: »Frank, mache das nicht mehr. Wenn die Leichen gefunden werden, dann können die Ermittler nach der gleichen Schrift die Ermordungen aufdecken.
Zwei und mehr Ermordungen auf unterschiedslose Weise geben die Schrift des Mörders an. Durch die Weise der Verübung des Mordes sowie

jedes anderen Verbrechens kommen zum Ausdruck das Verhalten des Mörders, des Vergewaltigers usw. dem Opfer gegenüber, die eigenartige Handlungsweise des Mörders, des Vergewaltigers usw..

Mit der Leiche von Konrad Lasche ging es wie automatisch, ohne nachzudenken, als ob der Vorgabegang in meinem Gehirn gespeichert worden war,« sagte Frank weiter aus.

»Frank, was meinen Sie mit der Speicherung des Vorgabeganges in Ihrem Gehirn? Haben Sie solch einen ähnlichen Mord schon begangen?«, fuhr mit der Frage Falle fort.
»Darüber möchte ich mit Ihnen später reden.«

»Haben Sie und Ihr Bruder Peter noch irgendwelche Morde begangen?«, fragte wieder Falle.

»Es gibt noch andere Morde, die ich begangen habe. Heute bin ich schon sehr müde. Ich kann nicht mehr aussagen. Machen wir morgen weiter? Bitte besorgen Sie mir die Verteidigung von einem Rechtsanwalt,« antwortete Frank.

XVII

Frank Krammer wurde wieder ins Untersuchungsgefängnis von Dennis Blei, Anton Böttcher und zwei Begleitpolizisten abgeführt.

Diesmal wurde er in eine andere Zelle untergebracht. In der Zelle befand sich ein Inhaftierter. Sie lernten sich kennen. Der Verhaftender stellte sich als Alfred vor. Die Zelle war für zwei Personen bestimmt. Nach dem Abendessen legte sich jeder auf eigene Pritsche und sie redeten miteinander. Sie lernten sich einfach weiter kennen.

Alfred wollte mit Frank gar nicht reden. Seine Aufgabe war auf Frank aufzupassen, damit mit ihm nichts passiert. Aber Frank stellte ihm wieder und wieder Fragen, bezüglich der Gefängnishaft und der strafrechtlichen Verantwortung.

Morgens wurden sie von zwei Aufseher aufgeweckt und waren in den Spaziergangraum zum Spazieren aufgerufen. Im Spazierraum befanden sich auch Inhaftierte aus anderen Zellen, was normal nicht gemacht werden dürfte.
Einige spazierten und manche waren auf der Toilette. Alfred ging auch zunächst auf die Toilette.

Jäh bat der Diensttuende die beiden Aufseher zum Gespräch ins Nebenzimmer. Sie ließen die Inhaftierte im Spazierraum alleine und gingen für ein paar Minuten weg.

Als Alfred aus der Toilette in den Spazierraum zurückkam, hockte Frank in der Ecke der Toilette gegenüber. Er blutete aus dem Mund. Neben ihm befand sich niemand von Inhaftierten. In diesem Augenblick war auch niemand von Aufseher im Spazierraum.
Die Verhaftende verhielten sich so, als ob niemand von ihnen das Geschehnis wahrgenommen hat.

Ein paar Minuten nachher kamen in den Raum zwei Aufseher, dessen Aufgabe war auf die Ordnung aufzupassen, und merkten, dass Frank in der Ecke schon tot gewesen war. Von der Seite des Rückens steckte in seinem Körper ein geschliffenes Metallstück. Er wurde von jemandem wie ein Tier abgestochen.

Zum Tatort sind der Staatsanwalt Boris Engelmann, Untersuchungsrichter der Staatsanwaltschaft Kim Keil, zwei Inspektoren der Kriminalpolizei Maximilian Lohmann und Philipp Thelen sowie Gerichtsmediziner Marian Getz gekommen.
Nach der Obduktion der Leiche von Frank Krammer konstatierte der Gerichtsmediziner das Erstechen ins Herz als die Todesursache.

Als Werner Falle davon erfahren hat, hat er sehr bereut, dass er gestern mit der Vernehmung aufgehört hat. Er wollte sehr gerne einige korrupte

Beamte von Staatsanwaltschaft und von der Polizei, einschließlich Maik Peterson vor Gericht wegen Bestechung stellen. »Solch ein Fehler kann man nicht gutmachen,« dachte Falle. Nachmittags rief der Vorgesetzte des Gefängnisses Clemens Kern beim Vertreter der Staatsanwaltschaft über Gebiet Siebenzelt Maik Peterson an.

»Herr Peterson, ihre Bitte ist erledigt,« berichtete telefonisch Herr Kern.

»Herr Kern, haben Sie dafür vielen Dank. Zander wird sich mit Ihnen treffen,« bedankte sich Peterson.

Zander war der Vermittler von Maik Peterson, der ihm in seinen frevelhaften Geschäften verholfen hat und dessen Schicksal, über kurz oder lang zu sterben, schon vorausbestimmt worden war. Weil er sich mit den im Schatten befindenden Beziehungen von Maik Peterson bekannt war.

Drei Monaten später wurde seine Leiche von einem Fischer im Fluss gefunden. Laut Gerichtsmedizin wurde er ertrunken. Am Körper waren keine Spuren der Gewalt festgestellt.

»Markus, Thomas, gestern teilte der Untersuchungsrichter der Staatsanwaltschaft Werner Falle mit, dass er die Akten über Ermordung von Konrad Lasche einstellen muss.

Frank Krammer und Peter Krammer, die die Ermordung verübt haben, sind Tod. Und Olaf Heuer sowie Maik Gordon können als Auftraggeber zur Verantwortung nicht gezogen werden. Ihre Schuld als Mittäter an Ermordung von Konrad Lasche kann nicht bewiesen werden,« enttäuscht teilte Alexander mit.

»Dann werden wahrscheinlich Olaf Heuer und Maik Cordon auch wegen Geldaneignung von der Fabrik für die Verarbeitung der Wolle vor Gericht nicht gestellt, weil Konrad Lasche Tod ist.

Und er hatte die Überschüsse der Wolle für Aneignung der Gelder gemacht. Ohne ihn hätte das Verbrechen nicht stattgefunden.
Ich glaube, der Untersuchungsrichter wird die Akten auch einstellen,« ärgerlich und vielleicht erfreut sagte Thomas.
Weil er wusste, dass Nele Magnet jetzt auch nicht mehr verfolgt werden kann.

»Es sieht so aus. Manche Amtspersonen wie Maik Peterson und andere werden sich darüber sehr freuen. Man kann sich vorstellen, wie viel Geld sie von den Verbrechern als Schutzgeld abkassiert haben. Jetzt kann man ihre Schuld daran nicht beweisen. Manche Verbrecher sind wie Sonntagskinder, aber irgendwann werden sie sowieso zur Verantwortung gezogen,« fuhr Alexander fort.

Das Liebesverhältnis zwischen Thomas Ring und Nele Magnet dauerte fast drei Jahre. Sie verstanden sich sehr gut und besonders beim Geschlechtsakt, was sehr wichtig für ein stabiles Liebesverhältnis jedes Paar ist. Sie haben nicht einmal irgendwelchen Streit gehabt. Thomas half ihr Arbeit zu bekommen und unterstütze sie finanziell.

Sie trafen sich häufig bei ihr Zuhause und Thomas blieb zur Übernachtung. Dabei endeten ihre Zusammenkunft stets mit Äußerungen ihrer geschlechtlichen Zuneigungsgefühlen und mit anschließendem Orgasmus.

Die letzten zwei Monaten ihrer Beziehung schlief Nele mit Thomas absichtlich ohne Antibabymittel zu verwenden. Sie liebte ihn sehr und wollte von ihm ein Kind haben; obwohl sie verstanden hat, dass er sie nicht heiraten wird.

Drei Monaten später verkaufte Nele ihre Wohnung und andere Sachen und reiste für immer mit ihren Eltern nach Novosibirsk aus. Davon setzte sie niemanden in Kenntnis.

Beim nächsten Besuch stieß Thomas auf unbekannte Leute in der Wohnung von Nele Magnet. Er suchte nach ihr, aber sie war wie vom Erdboden verschluck gewesen.

Drittes Buch

I

Sven Mieder gelang es sich aus dem Staube zu machen. Schon eine Zeit lang übernachtete er beim Bruder von Holger Pappel. Früh morgens verließt er das Zuhause und tagsüber bis in die Nacht verbringt die Zeit unter Kumpeln.

Nicole wusste von seinem Aufenthaltsort und besuchte ihn ab und zu, wenn sie in der Stadt gewesen war. Einmal während der Übernachtung bei ihm fragte sie: »Sven, wo arbeitest du jetzt? Soweit ich weiß, ist das Unternehmen von Olaf Heuer geschlossen.«

»Genau das Problem habe ich jetzt. Ich bin ohne Arbeit geblieben. Olaf und Maik sind wie von der Erde verschluckt. Umso mehr jetzt lassen sie nichts von sich hören, weil die Leiche von Konrad Lasche gefunden war und gegen sie wegen des Mordes ermittelt wird,« sagte Sven.
»Sven, meinst du, dass die beiden an seinem Mord beteiligt waren?«
»Nicole, bei uns ist es üblich, darüber nicht zu reden. Komm! Gehen wir besser schlafen,« antwortete ihr Sven.

Sven wusste sehr gut die geliebten Körperhaltungen von Nicole beim Geschlechtsakt, nämlich, dass er sie auf allen vieren lieben sollte. Indem sie sich liebend gerne mit gespreizten Beinen auf alle viere stellte, ihre Schulter duckte und leicht ihren Becken anhob, sodass er sie jedes Mal kniend von Hintern in die Genitalien lieben könnte.

Heute wollte er ganz normal sie lieben. Er umarmte sie und küsste sie auf die Lippen. Nicole erwiderte die Küsse und knöpfte ihm das Hemd auf. »Nicole, ich will dich heute weder auf dem Tisch noch am Stehen noch auf allen vieren lieben. Lass uns ins Bett gehen!«

Er nahm sie auf die Hände und trug sie ins Schlafzimmer hinein. Neben dem Bett ließ er sie auf die Beine. Hier zogen sich die beiden nackt aus und legten sich ins Bett.

Er legte sich zwischen ihren Beinen und küsste sie auf die Lippen, auf die Busen und auf die Brustwarzen. Sie spürten wie ihre Herzen klopften und pumpten intensiver das Blut in alle Glieder ihrer Körpern.
Von ihrer Begierde empfand sie solch ein Gefühl, als ob ihr Genitalienbereich im Flammen stünde. Sie umarmte seinen Kopf, küsste ihn auf die Lippen und flüsterte ihm ins Ohr: »Mache doch ihn hinein!«

Und er bewegte sich sanft auf ihrem Körper nach unten zu ihrem Bauch und küsste sie immer wieder auf den Bauch.
Stöhnend hauchte sie jetzt: »Sven, ich kann nicht mehr. Du machst mich verrückt!«

Sie drehte ihn auf den Rücken um und setzte sich rittlings auf seinen Genitalienbereich, sodass sie sich kräftiger an ihn anschmiegen könnte.

Er umarmte sie und mit seinen Handflächen drückte ihre Hinterbacken mit voller Kraft an sich.
Vom Kitzeln zuckten krankhaft ihre Muskeln, die die Erektion seines Gliedes verstärkten.

Im Reitersitz drückte sie sich immer wieder kräftiger an seine Genitalien und stöhnend bewegte sich auf und ab. Und seine entgegnende Bewegungen erregten in ihnen noch mehr ihren Gefühlsdrang, der folglich bei beiden zum Orgasmus herbeiführte.

Eine Zeit lang lag sie noch auf ihm und seine Handflächen lagen umarmt auf ihrem Becken. Sie wünschten sich die Wonnegefühle zöge sich in die Ewigkeit hinein.
Die beiden küssten sich und legten sich nackt nebenan.
»Nicole, empfandst du niemals Abscheu von deinen Hintergehungen, die du Fabian angetan hattest? Er liebt dich doch und vertraut dir.«

»Weißt du, Sven, du gibst mir den Sinn fürs Neue, das Gefühl zu lieber Frau zu sein. Und mit ihm empfinde ich die Gefühle der Liebe nicht. Er gibt mir das nicht,« antwortete Nicole.

»Nicole, ich meine, dass zwischen uns keine echte Liebe, sondern lediglich eine geschlechtsgebundene Gefühlsbeziehung ist.«

»Sven, weißt du, wie das für eine Frau wichtig ist, wenn sie von einem geliebten Mann geliebt wird? Man fühlt sich dann wieder wie eine vollwertige Frau. Nach dem Schlafen mit dir fühle ich mich 10 Jahre junger.«

»Und du weißt doch, dass ich dich nicht liebe. Du redest jetzt von der sexuellen Liebe.«

»Sven, mir ist es egal, wie du meine Gefühle zu dir nennst, aber ich bin mit dir glücklich. Wie willst du jetzt weiter leben? Du wirst doch von der Polizei gesucht.«

»Nicole, ich muss sowieso bald ins Gefängnis. Das weißt du doch auch. Wenn ich Geld hätte, dann könnte man einen Paas auf anderen Namen und Vornamen machen. Und danach sich in einem anderen Ort niederlassen. Dort ein Unternehmen gründen und leben,« sagte er.

»Sven, ich weiß, wie man Geld machen kann.«

»Wie denn?«, fragte er Nicole.

»In Großpferd wohnt eine Familie aus China. Die Familie züchtet Kartoffeln, Möhren, Zwiebeln, Knoblauch, Pfeffer und andere landwirtschaftliche Pflanzen. Ihre Ware und auch noch mehr andere verkaufen sie in ihrem Laden, der sich in Maibach befindet. Besonders viel Wodka wird von ihnen verkauft,« antwortete sie.

»Was für Wodka?«

»Wodka aus China,« behauptete weiter sie.

»Nicole, worauf spielst du überhaupt an?«, fragte Sven.

»Ich gab dir etwas zu verstehen. Das musst du dir selber überlegen,« flüsterte sie ihm zu.

Danach wurden sie vom Schlaf übermannt.

Morgens redeten sie darüber nicht mehr. Sie frühstückten und gingen gemeinsam zur Bushaltestelle. Vor Angst, dass er von jemandem erkannt werden kann, ging Sven weiter zur Bushaltestelle nicht. Sie verabschiedeten sich an der Straßenecke und er begab sich zu Holger Pappel, den er schon seit zwei Wochen nicht gesehen hat.

II

Holger Pappel war genauso ohne Arbeit geblieben. In dieser Zeit war sehr schwer Arbeit zu finden. Holger wohnte Zuhause bei seiner Freundin Angelika Gerold.

Angelika war als Friseurin beschäftigt und Holger verdiente sein Geld mit dem Auto von Angelika als Taxifahrer.

Das staatliche Unternehmen von Taxifahrern ging auch Pleite und deshalb wurde die Lücke von privaten Taxifahrern ausgefüllt.

Sven wusste, wo er Holger finden kann, ohne ihn zu Hause zu besuchen. Nach einer Stunde saß er bei ihm im Auto und die zwei redeten über den Chinese aus Großpferd.

»Ich überlegte mir schon lange, wo man Geld beschaffen könnte. Das Leben ohne Geld ist scheußlich. Viele meine Bekannte sind Kommersanten geworden, einige arbeiten bei privaten Unternehmen und können ihre Familien mit Existenzgrundlagen versorgen. Und wir können unseren Freundinnen sogar keine Geschenke machen. Sowieso müssen wir bald ins Gefängnis wegen des Diebstahls der Angorawolle. Komm! Holen wir uns von jemandem Geld.
Weißt du, Holger, gestern übernachtete bei mir meine Freundin. Sie erzählte mir von einem »goldenen Sack« aus Großpferd, ein Chinese, der mit seiner Familie Gemüse züchtet und sowohl seine Ware als auch Bedarfsartikel aus China sowie den chinesischen Wodka im eigenen Laden verkauft,« fuhr Sven mit der Rede fort.

»Sven, das ist eine gute Idee von dir! Ich meine, wenn wir den Chinese, Unternehmer aus China, bestehlen, werden sich die Inspektoren der Kriminalpolizei nicht so gerne für ihn einsetzen, um die Diebe festzustellen.«
»Warum denkst du so? Ich habe andere Meinung. Wenn die Familie viel Wodka verkauft, dann wurde sie in Schutz von irgendwelchen Kriminellen sogar von kriminellen Polizisten genommen, denen sie Schutzgelder zahlen. Deshalb werden sich seine Beschützer sofort für sie einsetzen und nach den Dieben suchen.

Und wir kennen jetzt gut Alexander, er setzte sich zum Schutz jedes Opfers ein, unabhängig davon zur welchen Nationalität der Betroffener gehört und, ob man reich oder arm ist, spielt für ihn auch keine Rolle.

Diesmal müssen wir keine Spuren beim Diebstahl hinterlassen, das Geld nehmen und aus der Wohnung spurlos verschwinden. Beim Diebstahl der Angorawolle haben wir viele Fehler gemacht. Sowas darf nicht mehr passieren,« redete Sven sich aus.

»Vielleicht bringt er die Erlöse zur Bank,« flüsterte Holger.
»Holger, heutzutage bringt doch niemand seine Erlöse vom Handel zur Bank. Wenn man Geschäfte mit Wodka macht, dann wird das Geld jederzeit wieder für neue Einkaufe gebraucht. Soweit ich weiß, zahlen die Unternehmer für Wodka bar, weil der Wodka aus China geliefert wird.

Erstens, zurzeit führen unsere Banken noch keine Überweisungen der Rechnungsbeträge auf Konto der Unternehmen von China aus. Und zweitens, man kann das notwendige Geld für die Barzahlung nicht so einfach bei den Banken holen,« behauptete Sven.

Und dann legte Sven begeistert sein Plan dar: »Zuerst müssen wir gut alles kennen lernen, damit wir keine Fehler machen. Außerdem sollten wir uns nach folgenden Fragen erkundigen: Wo befindet sich das Haus von dieser Familie? Wie man unbemerkt ins Haus einbrechen kann? Wie man die Hindernisse leichter beseitigen kann? Wann kann bei ihnen Zuhause mehr Geld sein? Wann sind im Hause keine fremde Leute? Wir müssen uns Masken besorgen, für den Fall, wenn Zuhause jemand sein wird. Wir haben doch nicht vor, die Familie vom Chinese umzubringen.

Außerdem finde ich, dass wir zu zwei das nicht schaffen. Wir müssen uns überlegen, wenn wir noch ins Geschäft nehmen würden?«
Sven erwähnte nicht einmal, dass er schon vor langer Zeit eine Pistole erworben hat und sogar beim Einbrechen bereit ist, die Pistole anzuwenden.

»Übermorgen muss ich wieder Taxifahren. Damit meine Freundin Angelika meine Abwesenheit nicht merkt, fahren wir beide morgens um 8 Uhr nach Großpferd und werden uns darüber Auskunft einholen.
Bei Bushaltestelle können wir sogar Passagiere mitnehmen, damit wir dadurch für die Hin- und Herfahrt unsere Kosten aufbringen,« schlug Pappel vor.

»Bist du bekloppt! Wenn man jemanden mitnimmt, dann werden sie doch weiter erzählen, mit wem sie nach Maibach gekommen waren. Auf solche Weise können dann später die Bullen auf unsere Spuren kommen,« geriet Sven in Harnisch.
Eine Woche später waren sie bereit den Diebstahl beim Unternehmer Nian Kau-Schau-Pin zu verüben.
»Sven, wie meinst du, nehmen wir noch jemanden ins Geschäft auf?«
»Ich glaube, wir können zu diesem Diebstahl Lars Saite aufnehmen,« antwortete Sven.
»Wer ist das? Woher kennst du ihn?«, fragte Holger.

»Lars stammt aus Großpferd. Zurzeit arbeitet er als Elektriker beim Unternehmen »Elektrotechnik« in Siebenzelt. Wohnt auch hier in der Stadt. Bei der Ausübung seiner Arbeit ist er viel unterwegs. Ich kenne ihn aus dem Lager für minderjährige in Wladiwostok. Wir haben dort gemeinsam die Freiheitsstrafe abgebüßt.

Auf ihn kann man sich verlassen. Und ich habe mit ihm darüber bereits geredet. Morgen nachts gegen zwei Uhr müssen wir schon in Großpferd sein. Diesmal fahren wir nicht durch Maibach, sondern durch Grotte. Dort in den Bergen sind keine Inspektoren für Straßenkontrolle,« antwortete Sven.

Am nächsten Tag abends waren sie schon zu dritt auf dem Wege nach Großpferd. Unterwegs redeten sie miteinander.

»Lars, bereust du nicht, dass du dich entschieden hast, mit uns mitzumachen?«, fragte ihn Sven.

»Warum sollte ich bereuen? Als Elektriker habe ich einen winzigen Lohn, der außerdem nicht allmonatlich ausgezahlt wird. Man weiß nicht, wie man leben soll. Ich wollte bei den Banken Kredit aufnehmen und ein Unternehmen gründen, wie es viele Leute heutzutage machen.

Und die Bankier stellten mir Bedingungen, 50% von der Kreditsumme ihnen abzugeben. Dann wird man bis über die Ohren in Schulden stecken. Wie sollte man dann aus den Schulden herauskommen?

Darüber hinaus hast du mich schon vorher von eurem Vorhaben in Kenntnis gesetzt. Und jetzt fragst du mich, ob ich vielleicht daran bereue und nicht mitmachen möchte. Mit deinem Anerbieten machtest du mich zum Zeuge, den du jetzt im Falle meiner Weigerung abknallen werden müsstest. Das entspricht nicht unserer Gewohnheit bzw. unserer Ethik,« antwortete Pappel.

»Lars, du bist wahrscheinlich auf dem laufenden, dass wir den Diebstahl von Angorawolle verübt haben. Unsere Mittäter sind verhaftet und wir werden bald auch festgenommen; wir schließen es nicht aus. Aber wir verlieren die Hoffnung nicht, dass irgendwann wir durch Diebstahl viel Geld beschaffen und uns für immer aus dem Staube machen werden,« sprach sich Sven mit Überzeugung aus.

Und Sven fuhr fort: »Ich kenne einen Bankier, dessen Wohnhaus sich im Bezirk »Regenbogen« in der Stadt Siebenzelt befindet, der sehr viel Bestechungsgelder von den privaten Unternehmer nimmt. Er macht es so, wie du gerade erzählt hast: Von der Kreditsumme 50% zu 50%, die Hälfte für Kreditnehmer und den Halbteil für ihn. Wenn wir heute den Diebstahl erfolgreich vollziehen, dann werden wir ihn unter Erpressung setzen. Er soll sich sein Beute mit uns teilen.
Hast du wahrscheinlich von ihm gehört, er heiß Lanz Weber, Direktor der Commerzbank.«

»Warum nicht? Ich finde es für gerecht. Aber ich glaube, dass er die Hälfte von seiner Beute auch nach oben den Bossen für Gouverneur von Gebiet

Siebenzelt und anderen geben muss. Sonst hätten sie seine Ermordung längst beauftragt,« sagte gelassen Lars.

»Was ich dir jetzt verraten werde, sollte unter uns bleiben. Okay? Sein Schutzherr war Olaf Heuer. Heute weißt doch niemand, wo Olaf steckt. Deshalb können wir mit der Ruhe den Bankier ausrauben,« gedankenvoll widersprach Sven.

»Olaf kann doch jederzeit auftauchen und dann werden sie uns vernichten und den Würmen verfüttern, wie sie es üblicherweise in solchen Fällen machen,« bedrückt antwortete Lars.

»Bitterlich aber Wahrheit. Er ist eine Zeit weg und schon ist man naiv und denkt, dass er nicht mehr kommt. Dass er uns dafür vernichten würde, ist bittere Wahrheit. Für Olaf würde das nicht zählen, dass ich früher in seiner Bande die Aufträge von ihm ausgefüllt habe. Lass uns zuerst die Sache mit dem Chinese erledigen,« stillschweigend überlegte sich Sven.

In Großpferd kamen sie gegen 2 Uhr nachts an. Das Auto ließen sie außerhalb des Dorfes neben einer Uferklippe stehen, sodass es nicht anzumerken gewesen war.

Wie vereinbart nahm jeder von ihnen eine Taschenlampe mit. Aber Masken besorgten sie nicht. Von hier gingen sie etwa 2 km zu Fuß bis zum Hause von Nian Kau-Schau-Pin.

Es sah so aus, als ob das ganze Haus ausgegangen war. Im Hause war dunkel und alle schliefen. Sie kletterten über den Holzzaun auf den Hof.

»Jungs, wir müssen uns die Handschuh anziehen,« sagte im Flüsterton Sven.

Mit einem Dietrich öffnete Lars die Eingangstür und sie gingen ins Haus hinein. »Lars, dreh die Sicherungen vom Stromzähler heraus und schließe die Tür zu, damit niemand das Licht anschalten oder herausgehen kann,« sagte halblaut Sven.

Dann fanden sie das Schlafzimmer von Nian Kau-Schau-Pin und seiner Ehefrau - Li. Die Diebe gingen ins Zimmer und machten die Tür zu, um von den anderen Familienmitgliedern nicht gehört zu sein. Nach schwerem Arbeitstag schliefen Nian und Li wie ein Klotz.

Lars weckte Nian und Li auf. Nian und Li wachten auf und vom Schrecken schrien auf: »Wer ist hier? Wer ist das?«

»Beruhigt euch und schreit nicht!«, brüllte die beiden Sven an und richtete auf Nian die Pistole. Li sah, wie er die Pistole ihm ins Gesicht lenkte.

Lars und Holger nahmen zwei Schleier und hingen beide Fenster des Schlafzimmers zu, damit von draußen niemand das Ereignis mitkriegen kann.

Sowohl Lars als auch Holger stellten sich nicht vor, dass Sven eine Pistole mitnehmen und sogar anwenden wollte. »Unter uns war doch die Rede vom Diebstahl und nicht vom Raub,« ging Lars durch den Kopf.

Nian und Li glaubten noch nicht, dass Sven schießen wird und fingen an zu schreien: »Was macht ihr Mörder?«

Sven schrie sie an: »Seid still, haltet die Fressen, sonst bringen wir euch um. Wo ist eures Geld? Gebt uns das Geld ab und wir gehen.«
Li fing wieder an, zu schreien. Sven schlug ihr mit der Pistole auf den Kopf.

Vom Schlag verlor Li das Bewusstsein. Im Nebenzimmer wachte vom Schrei der Vater von Nian - Shan auf und tappte im Dunkeln zum Schlafzimmer von Nian und Li. Er konnte nicht verstehen, was geschieht. Er machte die Tür auf und fragte sehr laut: »Nian, was ist los?«
Holger und Lars beleuchteten ihn mit Taschenlampen und schlugen ihn nieder.

»Holger, Lars, guckt mal sofort, wer noch Zuhause ist. Niemand soll hinausgehen,« brüllte Sven wieder.

»Du Schlitzäugiger, wo ist eures Geld? Solange wir das Geld nicht haben, gehen wir nicht. Wir bringen euch alle um. Und auch eure Kinder. Besser gebt uns das Geld ab,« wiederholte Sven.
»Zuhause haben wir kein Geld. Das Geld ist bei der Bank. Das Geschäft läuft nicht so gut. Wir haben nur Schulden,« flüsterte Nian.
»Du kannst sowas jemandem anderen erzählen, aber nicht mir. Ich bin über euren Laden informiert,« schrie wütend Sven und schoss Shan in den Kopf.

»Was machst du, Mörder?«, schrie Nian. Außer sich vor Wut schlug Nian
Sven ins Gesicht. Sven feuerte einen Schuss in den Bauch von Nian ab und
schrie wütend: »Ich erschieße dich und deine ganze Familie wie Hunde,
wenn du uns das Geld nicht abgibst. Verstanden?«
Nian spuckte ihm ins Gesicht und sagte: »Wir haben vor euch keine
Angst.«
Sven feuerte jetzt Nian ins Gesicht einen Schuss ab, von dem er tot zum
Boden stürzte.

»Sven, du hast jetzt die Männer erschossen. Li liegt bewusstlos. Fung,
Mutter von Nian wie sie sich vorstellte, und seine zwei Enkelkinder wissen
vielleicht überhaupt nicht, wo das Geld ist? Vielleicht kennt die alte Frau
die russische und kasachische Sprache nicht. Wie werden wir uns
verständigen? Die Kinder müssen die Sprache kennen, weil sie die Schule
besuchen. Beruhige dich doch. Wozu die Morde? Es hat doch kein Sinn
die Leute einfach umzubringen,« sagte besorgt Holger.

Jetzt redeten sie mit Fung und mit ihren zwei Enkelin. Fung kannte weder
russische noch kasachische Sprache. Ihre Enkeltöchter Lu und Aya
mussten die Übersetzungen aus Russisch ins Chinesische und umgekehrt
machen.

»Du Greisin, höre uns gut zu, wenn du uns nicht sagst, wo das Geld liegt,
erschießen wir dich und deine Enkelkinder,« kreischte Sven.
Frau Fung Kau-Schau-Pin zögerte nicht mit der Antwort. Für sie war die
Grausamkeit der Verbrecher eindeutig und das Leben der Enkelkinder war

für sie wertvoller als das Geld. Ohne nachzudenken sagte sie: »Das Geld befindet sich unter dem Fußboden.«

»Mach uns den Zugang auf,« brüllte Sven sie wieder an.

Vor Angst führte Fung sie ins Kinderschlafzimmer und zeigte auf das Bett von Kindern, das links an der Ecke stand, und weinend sagte sie: »Unter dem Bett.«

Die Räuber schoben das Bett zur Seite und gerade an der Ecke sahen sie den Eingang unter den Brettboden.

Der Eingang wurde in der Ecke neben der Wand gemacht. Der Deckel war aus den Bretten des Fußbodens geschnitten und zusammen gemacht. Man musste den Boden gut ansehen, um den Deckel zu sehen.

Der Griff hing nach innen des Fußbodens. Nur die Kappe vom Griff befand sich oben im Brett des Deckels.

Sven zog an der Kappe nach oben, nahm den Griff in die Hand und öffnete den Eingang. Der Deckel war etwa 60 x 60 cm groß. Er kroch unter den Fußboden.

Unter dem Boden auf der Tiefe etwa 1 m stand ein kleiner Tresor, chinesischer Herstellung. Der Tresor war befestigt und geschlossen.

»Fung, wo ist der Schlüssel?«, fragte Sven.

»Das weiß ich nicht. Nian und Li weihen mich und Shan niemals in ihre persönlichen Angelegenheiten ein,« antwortete erschreckend Fung auf Chinesisch.

»Was sagte eure Oma,« schrie er die Enkelin Lu an. Vor Angst übersetzte Lu schnell die Antwort von Oma.

»Du alte Tölpel, verstehst du nicht, was ich gesagt habe? Wenn du mit deinen Enkelkindern am Leben bleiben willst, dann sag uns, wo der Schlüssel ist. Sonst erschieße ich euch alle,« drohte ihr Sven. Dabei setzte er die Pistole an der Schläfe an.

Während Holger und Lars die Kinder hielten, führte Sven Fung ins Schlafzimmer von Nian und Li, um den Schlüssel vom Tresor zu holen. Danach stieg Sven in den Keller herunter, duckte sich und verschwand unter dem Fußboden. Nach einiger Minuten zeigte er sich und sagte: »Holger, holt mal große Tasche oder einen Sack! Fung, geb uns mal eine Tasche oder einen Sack.«

Lars und Fung gingen ins Schlafzimmer von Nian und Li und holten aus dem Schrank eine Reisetasche.

Sven machte den Tresor leer und legte das ganze Geld, das in dem Tresor aufbewahrt wurde, in die Reisetasche. Die Tasche war voll. Sven war ein sehr grausamer Mensch. Er schlug Fung und ihre Enkeltöchter nieder, obwohl Holger und Lars dagegen gewesen waren.

»Seid ihr bekloppt! Wir handelten ohne Masken und sie kennen uns jetzt vom Sehen,« schrie Sven wütend.

Als sie draußen gewesen waren, sperrte Sven die Hauseingangstür zu und steckte das Haus in Brand. Im Dunkeln merkten Sven und Holger nicht, dass Lars die Tür wieder aufgemacht hat.

Die Räuber waren schon weg und einige Zeit später kam Fung zum Bewusstsein. Zuerst trug sie ihre bewusstlose Enkelkinder nach draußen, dann ging sie ins Schlafzimmer von Nian und Li und holte ihre bewusstlose Schwiegertochter Li nach draußen.

Zu dieser Zeit stand alles in Flamme und Fung konnte nicht mehr ins Haus hineingehen, um die Leichen von ihrem Ehemann Shan und ihrem Sohn Nian herauszuholen.

Es war um kurz nach vier nachts. Schnell ging sie zu Nachbarn, freundliche ältere Leute, die Zuhause einen Telefonapparat hatten, und rief beim Notruf, beim Feuerwehr und bei der Polizei an.
Sven, Holger und Lars überquerten zwei Straßen und auf der letzten Straße liefen sie jetzt in Richtung Wald und zur Uferklippe, wo ihr Auto gestanden hat.

Lars war ein Hellseher. Unterwegs zum Auto überlegte er sich: »Nachdem ich das Geschehnis im Hause von Nian beobachtet habe, ist mir nun klar, dass Sven beim Nähern zum Auto mich umbringen wird. Bevor wir das Auto nicht erreichen, wird er das nicht machen, weil die beiden die Gegend nicht kennen.
Sein Geiz hat keine Grenzen. Deshalb muss ich die ganze Strecke bis zum Auto auf der Hut sein.«
Als Lars merkte, wie Sven die Pistole aus der Tasche herausnehmen wollte, rannte er ihn über den Haufen und riss bei ihm die Pistole aus der Tasche heraus.

»Sven, ich kannte dich gut aus der Vergangenheit, als wir gemeinsam die Freiheitstrafe abgebüßt haben. Aber ich dachte, dass du dich verändert hast. Wahrscheinlich ist dein Geiz kräftiger als dein Verstand. Ich weiß nicht, was du vor dem Begehen des Diebstahls Holger erzählt hast, aber mir sagtest du, dass wir Diebstahl verüben werden.

Und du nahmst allein eine Pistole mit, ohne uns davon etwas zu sagen, erschießt zwei Männer, schlugst mit solcher Brutalität zwei Frauen und zwei Kinder wegen des Geldes nieder. In der Wirklichkeit sind jetzt in unseren Handlungen Tatbestände wie Raub und Mord.

Wenn ich mir sowas vorstellen könnte, wäre ich niemals mitgefahren. Nun sind wir beiden auch genau wie du Mörder. Ich weiß nicht, ob ich mich über mein Rest des Lebens im Klaren sein werde. Genauso zweifle ich, dass Holger darüber keine seelischen Schwierigkeiten haben wird,« sagte Lars.

Es sind noch ein paar Dutzende Meter bis zum Auto geblieben. Die Strecke gingen sie stillschweigend. Als sie zum Auto angekommen sind, fuhr Lars leise fort:
»Sven, tut mir leid, aber ich muss es tun, sonst wirst du noch viele Menschen mit dieser Pistole umbringen.«

»Bist du verrückt geworden. Zuerst sagtest du, dass ich ein geiziger Mensch bin. Und jetzt willst du mich wegen des Geldes erschießen?«, erschreckt und empört sagte Sven.

»Du irrst dich, Sven. Und das ist ganz normal für dich. Nachdem Verbrechen von heute habe ich verstanden, dass du auf das fremde Leben nicht achtest. Deiner Mentalität nach schätzt du zunächst das Geld und dann das Leben von anderen Menschen.

Ich weiß nicht, ob ich deswegen nachher keine psychische Problemen haben werde. Aber du musst dafür sterben und das würde gerecht sein, nachdem du das Leben der Familie ausgelöscht hast,« sagte Lars.

»Holger, warum schweigst du denn, warum sagst du nichts? Wir wurden seit langer Zeit erzogen, die Zeugen umzubringen. Wird doch von allen, sogar von den hoch gestellten Beamten, Gouverneuren usw. gesagt: »Ist kein Mensch, gibt es auch kein Problem«. Damit wird gemeint, die Zeugen zu töten.

Merke dir! Wer jetzt mehr Geld zusammenraubt, der wird zu Neuen Russen, zu Neuen Kasache, zum hochgestellten Beamten sein. Die korrupte Beamten sichern sich ihre Zukunft nur dadurch, dass sie auch korrupte Untergeordnete oder korrupte Nachfolge einstellen, damit sie sie in Schutz nehmen würden.

Wer will einen ehrlichen, unbestechlichen Beamte haben? Niemand. Und weißt du warum? Weil sie von solchen Beamten bzw. Untergeordneten für sich Gefahr erwarten können. Deswegen werden immer wieder mehr korrupte, bestechliche Beamten an die Macht kommen, weil solche für sie mehr geeignete Menschen sind.

Und ihr macht gerade so, als ob ihr gestern zur Welt gekommen seid und wiest nicht, worauf sich das Land hält,« schrie aus der Fassung gebrachter Sven.

»Ich glaube, Lars will das rechte tun. Irgendwann müssen wir alle mit Verbrechen beenden. Man kann nicht ewig als Verbrecher leben. Was können wir auf solcher Weise als Erbe unseren Nachkommen hinterlassen?

Ein Staat, in dem sich die ganze Rechtsordnung, Justiz und Verwaltung auf den Korruptionen, Erpressungen, Ermordungen usw. existieren wird,« leise sprach sich darüber Holger aus.

Sven versuchte von ihnen wegzulaufen, aber Lars drückte in diesem Augenblick auf den Haken des Abzugs der Pistole und feuerte zwei Schüsse in Sven ab. Von den Schüssen fiel Sven auf den Boden. Er ging zu ihm und feuerte noch einen Schuss in Kopf.

In Kopf zu schießen, war in der ganzen ehemaligen Sowjetunion zum Brauch geworden, um sich über den Tod des Opfers zu überzeugen.

»Ich handelte im Moment ebenso wie er. Wenn solch ein Mensch am Leben bleiben wird, dann wird er noch viele Leute umbringen,« seufzend sagte Lars.

Lars wusch die Fingerabdrücke von der Pistole ab und schmiss die Pistole auf die Leiche von Sven. Holger nahm die Tasche mit Geld, legte sie in den Kofferraum und deckte sie mit anderen Sachen zu.

»Holger, komm fahren wir nach Siebenzelt. Wir müssen möglichst schnell von hier weg sein. Zurück fahren wir wieder dieselbe Straße, sodass keine

Straßenkontrolle gegeben wird,« sagte Lars, der sich hier gut ausgekannt hat.

Unterwegs fragte Holger: »Lars, was werden wir mit dem Teil von Sven machen?«

»Weiß ich nicht,« antwortete Lars, der noch außer sich vom Geschehnis gewesen war und fuhr fort: »Wenn ich könnte, hätte ich das Geld in ein Haus für Waisen Kinder abgegeben. Aber da arbeiten auch viele Verbrecher, die von den Kindern die Lebensmitteln stehlen.

Ich habe von einem Direktor des Waisenhauses gehört, der für Versorgung der Sekretäre der Gebietskomitee der Kommunistischen Partei mit Fleisch sogar zur Medaille vom Held der Sozialistischen Arbeit und zum Orden von Lenin ausgezeichnet wurde.

Und die Parteibossen wussten, dass sie das Fleisch von Waisenkindern auffressen und die Kinder an Nahrungsversorgung benachteiligen. Und wer weiß, ob es irgendwann besser wird oder an die Stelle der Parteibossen andere hoch gestellte Beamte kommen werden.

Wenn wir in Siebenzelt ankommen, dann werden wir das Geld zählen und unter uns einteilen. Seinen Teil werden wir uns einteilen. Geld, das mit solchem Preis beschaffen ist, hätte ich mir niemals gewünscht.«

III

Für die Untersuchung des Raubes, der Brandstiftung und folglich der Ermordung wurde eine Gruppe von Alexander, Untersuchungsrichter der Staatsanwaltschaft Uwe Koch, Untersuchungsrichter des Kreisrevier des Innenministeriums Andre Steingold, zwei Inspektoren der Kriminalpolizei Marcus Wagner und Elmar Karaffe, zwei Kriminalisten Otto Meer und Boris Silber, zwei Inspektoren mit Schäferhunden Carlo Mast und Bruno Genick sowie fünf Begleitpolizisten gebildet.

An der Spitze der Gruppe stand Inspektor Alexander.

Zum Tatort ist auch Gerichtsmedizinerin Nelle Tentakel gekommen.

In einer Stunde war die Gruppe vollzählig am Tatort: Großpferd, Lenintalerstraße 42, Privathaus vom Unternehmer Herrn Nian Kau-Schau-Pin.

»Andre, Marcus, Elmar, und Otto, eure erste Aufgabe ist euch alle Zugänge, Abgänge und Annäherungswege zum bzw. vom Haus anzusehen, um auf die Spuren der Täter zu kommen. Um Zeit nicht zu verlieren, teilt euch in vier Gruppen ein und guckt euch die Gegend gleichzeitig von allen Seiten an.

Herr Mast und Herr Genick, ihr sollt mit den Schäferhunden im Auto auf mein Kommando warten.

Die Aufgabe der Begleitpolizisten ist in Schutz alle Zugänge, Annäherungswege vorm Betreten der Gaffer, Maulaffen und allen anderen unbefugten Personen zu nehmen.

Beim Entdecken irgendwelcher Spuren setzt mich davon sofort in Kenntnis,« ordnete Alexander an und begann auch mit der Befragung der Fung.

Zu diesem Zeitpunkt kamen Fung, Li und ihre Kinder: Lu und Aya zum Bewusstsein. Sie standen unter Schock. Zunächst wurde ihnen die erste medizinische Hilfeleistung und Schocktherapie angeboten.

Außer Fung konnte niemand von ihnen irgendwelche Aussage machen. Sie brauchten Zeit.

Fung sagte: » Es waren drei Männer. Alle redeten russisch. Einer von ihnen hat eine Pistole gehabt und erschoss meinen Sohn Nian und meinen Ehemann Shan. Er war sehr aggressiv und dreist. Andere Männer nannten ihn mehrmals Sven. Dieser Sven drohte immer wieder uns allen mit der Pistole, dass er uns erschießt, wenn wir ihm nicht zeigen, wo sich das Geld befindet. Ich habe ihm den Keller unter dem Fußboden gezeigt.

Auf sein Verlangen gab ich ihm den Schlüssel vom Tresor ab und holte eine Reisetasche für das Geld. Als er das Geld aus dem Tresor genommen hat, schlug er mich nieder. Was danach passiert worden war, kann ich nicht sagen. Die anderen zwei Täter waren nicht so frech. Ich kann mich zurzeit an nichts mehr erinnern. Ich bin müde. Und habe starke Kopfschmerzen.«

»Frau Fung, Sie haben uns sehr viel geholfen,« bedankte sich Alexander bei ihr.

Zur Stunde waren Nian und Shan auch aus dem Haus herausgeholt. Sie waren tot aber ihre Leichen wurden nicht durch das Feuer beschädigt. Das Löschen des Feuers ging zum Ende. Dafür kamen fünf Feuerwehr zum Einsatz, dessen Löschmannschaften von jeder Seite des Hauses das Feuer gleichzeitig gelöscht haben.

Uwe Koch, Boris Silber und Nelle Tentakel sahen sich die Leichen von Shan und Nian an.

Beide waren in Unterhosen und Unterhemden angezogen. Das Unterhemd von Nian hatte von vorne einen runden Riss. Im Bauch und im Gesicht hatte Nian Wunden von Schüssen. Shan hatte auch eine Kopfwunde vom Schuss. Alle drei Wunden waren nicht durchgehende.

Nelle Tentakel sagte: »Wir müssen die Leichen zur Obduktion ins Leichenschauhaus bringen, damit ich so schnell wie möglich die Obduktion durchführen kann.«

Elmar Karaffe meldete sich bei Alexander: »Alexander, ich glaube, ich bin auf interessante Spuren von Schuh drei Personen gekommen, die zur anderen parallelen Straße führen.«
»Bruno, Carlo, guckt euch mal die Spuren von den Schuh, die Elmar aufgedeckt hat, an. Vielleicht sind sie für die Aufnahme von

Schäferhunden geeignet. Wenn ja, dann setzt die Hunde ein, um auf die Spuren der Täter zu kommen,« beauftragte sie Alexander.

Während der Obduktion der Leiche von Nian fand und entnahm Gerichtsmedizinerin Nelle Tentakel dem Kopf und der Wirbelsäule zwei Kugeln.

Bei der Obduktion der Leiche von Shan entdeckte und entnahm Frau Tentakel dem Kopf eine Kugel.

Die Kugeln wurden mit dem Beschluss an Untersuchungsrichter Uwe Koch übergeben.

Inzwischen brachten die Schäferhunde ihre Inspektoren Carlo Mast und Bruno Genick auf die Spuren von Sven, Holger und Lars. Schon vier Stunden später nach ihrem Einsatz fanden sie am Uferklippen Leiche von einem Mann und die Spuren vom Auto.

Ab sofort kamen zum Uferklippen Inspektor Alexander, Uwe Koch, Andre Steingold, Marcus Wagner und Elmar Karaffe, Kriminalisten Otto Meer und Boris Silber.

Ermittler besichtigten den Uferklippenort und entdeckten ganz gute Spuren von Reifen des Autos, von denen Otto Meer und Boris Silber aus Gips Abdrücke gemacht haben, um das Auto zu identifizieren.

Dreieinhalb Meter von den Spuren lag Leiche eines Mannes. Beim Ansehen der Leiche fanden die Ermittler drei Schusswunden: Eine im Bauch, eine im linken Oberschenkel und eine im Kopf.

In den Taschen der Hose waren Zigaretten und Magazin für Munition mit 8. Patronen für Pistole. Während des Ansehens der Leiche machte

Kriminalist Otto Meer Abdrücke von Fingern der beiden Hände für die Daktyloskopie.

Danach wurde die Leiche zur Obduktion ins Leichenschauhaus eingeliefert.

Während der Obduktion der Leiche stellte Frau Tentakel fest, dass es die Leiche eines Mannes im Alter von 35-40 Jahre ist. Die Wunden im Oberschenkel und im Bauch waren durchgehende. Die Wunde im Kopf war nicht durchgehende. Während der Obduktion entdeckte und entnahm Nelle Tentakel dem Kopf der Leiche eine Kugel.

Die Kugel wurde mit dem Beschluss an den Untersuchungsrichter Uwe Koch ausgehändigt.

Die Experten der Daktyloskopie-Expertise stellten fest, dass das die Leiche von Sven Mieder ist. Seine Fingerabdrücke fanden sie in der Kartothek, weil er früher Freiheitsstrafe abgebüßt hat.

Uwe Koch verordnete die Durchführung einer Ballistik-Expertise. Den Experten legte er die Pistole, die am Uferklippen neben der Leiche von Sven Mieder gefunden wurde, vor, und zwei Kugeln aus der Leiche von Nian, die Kugel aus der Leiche von Shan und die Kugel aus der Leiche von Sven Mieder.

In ihrem Abschluss konstatierten die Experten, dass alle vier Kugeln aus der vorgelegten Pistole abgefeuert worden waren.

»Alexander, Frau Fung behauptet, dass Sven mit dieser Pistole Nian und Shan niedergeschossen hat. Danach drohte er auch ihr und ihren

Enkelkindern mit der Pistole. Warum und von wem wurde er danach mit dieser Pistole am Uferklippen erschossen?«, stellte Uwe Koch die Frage.

»Unsere Aufgabe ist nach den Mittätern zu suchen. Wenn wir sie feststellen, festnehmen und verhören werden, dann werden wir all diese Fragen beantworten können. Jetzt wissen wir, dass die Täter aus Siebenzelt gekommen waren. Wer konnte sie über Unternehmer von Nian und seiner Familien informieren? Aus meiner Sicht wohnen die Informanten im Kreis Maibach,« behauptete Alexander.

»Alexander, da uns jetzt bekannt ist, dass am Raub und Mord Sven Mieder beteiligt gewesen war, müssen wir zunächst seine ehemalige Mittäter vom Diebstahl der Angorawolle Holger Pappel und Robin Fabel abarbeiten. Sven konnte solch eine Information von Nicole Wahl bekommen,« betonte Marcus Wagner.

»Sind die beiden bekannt?«, fragte Alexander.
»Alexander, wahrscheinlich hast du vergessen. Ich habe die beiden beim Diebstahl der Angorawolle abgearbeitet. Ich berichtete dir damals, dass die beiden sich oft Zuhause bei Sven getroffen haben. Laut der Aussage der Nachbarin von Sven blieb Nicole manchmal bei ihm zur Übernachtung. Nicole ist Geliebte von Sven,« erinnerte ihn Wagner.

»Da hast du Recht. Wir haben Grund die beiden wegen des Diebstahls der Angorawolle zu verhaften. Dafür bilden wir zwei Gruppen. Marcus, du und zwei Polizisten nehmt Robin Fabel fest und ich, Elmar und zwei

Polizisten verhaften Holger Pappel. Gleichzeitig suchen wir ihre Wohnungen durch,« antwortete Alexander.

Bei der Suche nach Holger Pappel stellten die Ermittler fest, dass er schon lange Zeit als Taxifahrer mit dem Auto von seiner Freundin Angelika das Geld verdiente.

»Alexander, obwohl Pappel Taxifahrer macht, konnte er auch mit dem Auto das Verbrechen verüben. Und das Geld kann er bei Angelika verstecken. Sie kann davon gar nichts wissen.

Zuhause wird er das Geld nicht verbergen, weil er weiß, dass bei ihm Zuhause jederzeit eine Durchsuchung wegen des Diebstahls der Angorawolle gemacht werden kann,« sagte Elmar.

»Pappel ist ein erfahrener LKW und PKW- Fahrer. Er kann mit voller Wahrscheinlichkeit Mittäter sein. Außerdem ist er Taxifahrer und ihm steht zur Verfügung Auto von seiner Freundin, das er zum Zwecke des Diebstahls nutzen konnte.

Wir nehmen ihn fest und durchsuchen seine Wohnung aufgrund des Diebstahls der Angorawolle. Ob wir während der Durchsuchung etwas finden oder gar nichts finden, nehmen wir ihn trotzdem fest.

Wir werden ihm nicht sagen, dass wir ihn am Mord und Raub in Großpferd verdächtigen,« beauftragte sie Alexander.

IV

Elmar und Polizist Otmar Gras nahmen Holger Pappel direkt beim Taxifahren im Auto fest und riefen Alexander an. Während der Durchsuchung seiner Wohnung wurden weder Geld noch irgendwelche andere Gegenstände, die auf die Spuren des Verbrechens verwiesen könnten, aufgefunden.

Trotz keiner Beweisstücke am Begehen des Mordes und des Raubes in Großpferd hat Alexander Holger Pappel vorläufig verhaftet.
Wie immer sagte seine Intuition ihm, dass er sich auf dem richtigen Wege befindet.

Aufgrund der langjährigen Erfahrung, die er sich durch die Ermittlungen der Diebstahle, Vergewaltigungen, Morde, Erpressungen, Korruptionen und vieler anderen Verbrechen angesammelt hat, und das Kennenlernen vieler vorbestraften Personen, die früher Freiheitsstrafe abgebüßt haben, beherrschte Alexander sehr gut die Situation unter der verbrecherischen Umgebung.

Er kannte die Fähigkeiten bzw. die Neigung bzw. die Veranlagung vieler Vorbestraften und der anderen Personen, die mit ihnen verkehrten.

Aber Menschen, die viele Jahre unter Diktatur gelebt haben, haben die Demokratisierung mit Chaos und Willkür verwechselt. Und die Beamten der Partei- und Sowjetmacht förderten mit ihrem Prinzip: "Was nicht verboten ist, ist erlaubt" die Veränderung der Mentalität der Bürger und besonders der jungen Generation und den Sturz der Gesellschaft in die kriminelle Welt.

Das Streben der Menschen nach Vermögensvermehrung offenbaren sich immer mehr und besonders bei jungen Leuten, die aus Habgier Banden bildeten und sogar sehr schwere Verbrechen verübt haben.
Das Leben brachte mit sich immer wieder neue Verbrecher hervor. Junge Leute, die vorher keine Freiheitsstrafe abgebüßt haben, verübten jetzt sehr schwere Verbrechen, um sich zu bereichern.

Alexander gab eine große Bedeutung der Erfassung und dem Auffrischen der Daten von den Vorbestraften zur Freiheitsstrafe und deren Anwendung bei den Ermittlungen der Verbrechen. Besonders großen Wert legte er auf die Erfassung der Daten von Fingerabdrücken der Vorbestraften und der Personen, die mit ihnen verkehrten.
Deshalb ließ seine Intuition ihn bis jetzt niemals aufsitzen.

Aus eigener Erfahrung lernte er mittels Anwendung der Agenten die verhaftende Verdächtige in den Zellen der Untersuchungshaft zum Zwecke der Ermittlungen der Verbrechen abzuarbeiten. Dadurch gelang ihm häufig, die Wahrheit nicht nur über die ermittelnde Straftat, sondern auch über ein anderes Verbrechen an den Tag zu bringen.

Besonders bei der Ermittlung des Raubüberfalles mit Ermordung der Chinesen in Großpferd wollte er auf keinen Fall auf die Abarbeitung der Verdächtigen durch die Agenten in den Zellen der Untersuchungshaft verzichten.

Holger Pappel wurde in eine Zelle für drei Inhaftierte untergebracht. Einer von den zwei Anderen mit Spitzname »Professor« war ein Agent von Alexander. Diesen Spitzname bekam er vor vielen Jahren von Vorbestraften, die mit ihm die Freiheitsstrafe in Magadan abgebüßt haben. Er büßte insgesamt 14 Jahre Freiheitsstrafe wegen des Diebstahls ab.

Er war ein sehr erfahrener Mensch und verfügte über gute Kenntnisse der Gesetze. Viele Inhaftierte wandten sich an ihn mit der Bitte um Rat.
Er ließ sich von Alexander zur Zusammenarbeit gegen Verbrechern überreden, weil er unzufrieden war, dass während der Perestroika und Glasnost viele habgierige, dreiste nicht vorbestrafte Ganove im Zusammenhang mit Bullen und anderen Beamten durch Verübung der Verbrechen sich immer mehr bereichert haben.

In dieser Zeit befand sich in Verhaftung der Beamte der Polizei Kurt Herzog. Gegen ihn ermittelte die Staatsanwaltschaft wegen der Bestechung.

Um Holger Pappel schnellstens ins Vertrauen zu ziehen, ersann Alexander ein Kombinationsspiel, dem zufolge der Agent »Professor« den in ihre Zelle untergebrachten Bulle als Denunziant beschuldigen sollte.

Alles lief nach dem Plan von Alexander. Nachmittags fragte »Professor«: »Kurt, bist du Bulle? Ich habe dich früher mehrmals als Beamter der Polizei in Uniform gesehen. Bist du mit uns, um uns zuzuhören?«

»Wie kommst du darauf? Die Staatsanwaltschaft beschuldigt mich im Empfang des Bestechungsgeldes,« rechtfertigte sich Herzog.

»Du bist ein ehemaliger Beamter der Polizei und deshalb musst du getrennt von uns inhaftiert sein. Und du bist mit uns in einer Zelle, weil du möglicherweise Aufgabe hast, uns auszuspionieren,« fuhr »Professor« fort.

Nach und nach kam es zum Streit zwischen »Professor« und Herzog. Herzog musste von Aufseher in eine andere Zelle gebracht werden. Auf solche Weise gewann »Professor« schon innerhalb eines Tages von Holger Pappel sein Vertrauen.

Mit solch einer Legende und einer guten Zielsetzung wurde Professor zum Einsatz gegen Holger Pappel gekommen.

Nach dem Abendessen saßen jeder auf seiner Pritsche und redeten. »Professor« erzählte mehr von sich: »Viermal war ich zur Freiheitsstrafe wegen Diebstahle verurteilt und ich sammelte beim Abbüßen der Freiheitsstrafe viel Lebenserfahrung an. Einmal überredeten mich meine Kumpeln, mit denen ich verkehrte, zur Flucht aus dem Lager in Magadan. Drei Tage waren wir auf der Flucht in der Taiga und dann waren wir festgenommen.

Die inneren Truppen von Innenministerium haben gute Schäferhunde. Mit ihnen waren die Bullen auf unsere Spuren gekommen und uns verhaftet.«

»War das im Sommer?«, fragte Pappel.

»Ja. Im Winter hat man keine Chance in der Taiga zu überleben. Im Winter war niemals jemand auf der Flucht.«

Pappel erzählte von sich gar nichts. »Professor« merkte, dass Holger sehr sorgenvoll war, aber stellte ihm mit der Absicht keine Fragen.

»Leute, die auf dem freien Fuß leben, können sich überhaupt nicht vorstellen, was in den Lagern unter den Verurteilten bei der Verbüßung der Freiheitsstrafe geschieht.

Vor zwei Jahren im Februar bei Temperatur von 35 °C während meiner Verbüßung der Strafe haben vier Verurteilte, die bei Sägewerk im Lager beschäftigt waren, einen Verurteilten aus der anderen Sektion abgeschlachtet. Sein Leib zerlegten sie wie den von einem Tier und die Stücke vom Fleisch verbargen sie im Schnee. Jeden Tag während der Arbeit bei Sägewerk kochten sie ein Häppchen vom Fleisch in einem elektrischen Teekessel und aßen sich satt,« erzählte »Professor«.

»Wurde er von der Administration des Lagers nicht gesucht?«, interessierte sich Pappel.

»Doch, zuerst wurde er im Lager gesucht und dann wurde er zur Suche bekanntgegeben. Die Administration glaubte, er sei auf der Flucht. Ein

Monat später kam jäh zu ihnen zu Besuch bei Sägewerk ein Inspektor von Kriminalpolizei vorbei. In diesem Augenblick kochten die Mörder im Nebenraum im elektrischen Teekessel das Fleisch des abgeschlachteten Verurteilten. Der Inspektor spürte den Geruch vom Fleisch und so wurde der Mord aufgedeckt.«

»Wie konnte sowas passieren? Gab es keine Nahrungsmitteln zum Essen? Von diesem Geschehnis ist mir unheimlich zumute,« sagte aufgeregt Pappel.

»Damals wurden die Lager des Innenministeriums auf Eigenbewirtschaftung umgestellt, sodass die Lager die Unterhaltungskosten für die Verurteilte selbst durch ihre Warenproduktion erwirtschaften und tragen mussten.

Die Kosten wurden nicht mehr durch den Staat finanziert. Lager, die unrentabel waren, hatten kein Geld für Nahrungsmitteln. Deshalb litten in vielen Lager die Verurteilte unter Unterernährung,« erzählte »Professor« weiter.

Das Geschehnis fand wirklich in dieser Kolonie für Verurteile zur Freiheitsstrafe statt. Und »Professor« büßte die Freiheitsstrafe tatsächlich dort ab. Die Erzählung zog Holger ein, sodass er sich von seinen Problemen abgelehnt hat. Und er sagte: »Du hast mir jetzt geholfen, etwas von meinem Verbrechen zu vergessen.«

Weiter äußerte er sich nicht.

Es war schon spät und »Professor« sank in den Schlaf. Holger konnte lange nicht einschlafen. Ihm ging durch den Kopf der schrecklicher Mord mit dem Raub des Geldes.

Ihm fiel jetzt seine Freundin Angelika ein, mit der er die letzte Zeit zusammen war. »Ich liebe diese Frau. Mit ihr bin ich glücklich. Sie wollte immer, dass ich Zuhause bleibe, als ob sie spürte, dass ich in solch ein schweres Verbrechen verwickelt werden kann,« dachte Holger.

Er konnte sich niemals vom schrecklichen Mord mit dem Raub des Geldes in Großpferd ablenken. Egal, was er machte, standen vor seinen Augen die furchtbare Bilder des Grauens aus dem Hause vom privaten Unternehmer Nian.

»Ich werde damit niemals klar kommen. Mit solcher Sünde kann ein normaler Mensch nicht leben. Sogar im Traum sehe ich die Opfer und zu mir kommt die Angst vor Vergeltung. Auf dem freien Fuß war es leichter mit der Schuld umzugehen, und hier bei der Isolation von Leuten kommt die Bluttat immer wieder hoch.

Ich muss mit »Professor« darüber reden, sonst drehe ich durch. Soll ich vielleicht morgen mein Herz dem »Professor« ausschütten?«, überlegte er.

Bis tief in die Nacht hinein lag Holger auf der Pritsche und konnte nicht einschlafen. Ihm gingen durch den Kopf seine Eltern, seine Geschwister, die Schulkameraden, seine Freundin Angelika, die er jetzt betrogen und enttäuscht hat.

Ihm brummt der Kopf von der Ermordung der ganzen Chinesischen Familie wegen des Geldes, das die Leute durch die schwere Arbeit verdient haben.

»Was wird jetzt mit mir?«, ging ihm wiederum durch den Kopf.

V

Während Sven Mieder zusammen mit Holger Pappel und Lars Saite unterwegs nach Großpferd waren, war Nicole in Siebenzelt und suchte nach Sven. Sie konnte ihn nicht finden und blieb zur Übernachtung bei ihren Eltern. Am nächsten Tag fand sie ihn ebenso nicht und sie fuhr nach Hause.

Sie konnte sich nicht vorstellen, dass Sven in dieser Zeit solch ein schweres Verbrechen in Großpferd verübt hat und von Lars Saite erschossen worden war.

Sie liebte Sven sehr und wusste nicht, was sie anfangen sollte, wenn sie mit ihm die Zeit nicht verbracht hat. Sie schämte sich nicht mit Bekannten darüber zu reden, obwohl sie verheiratet war. Sie benahm sich, als ob sie von Sven verzaubert gewesen war.

Nicole und Fabian hatten letzte drei Monaten immer wieder Streit. Mit ihrem Benehmen brachte sie selbst ihn auf den Gedanken, sie habe einen Geliebten und sei untreu geworden. Nicole blieb häufig in der Stadt Siebenzelt zur Übernachtung. Die Gefühle der Liebe wirkten sich auf ihr Nervensystem mit solcher Kraft aus, dass sie mit Fabian nicht mehr schlafen konnte.

Fabian liebte sie wie zuvor. Aber er wusste nicht, dass sie ihn mit dem Mörder Sven Mieder betrogen hat.

Zwei Wochen später beim Abendessen saßen die beiden am Tisch und Fabian erzählte: »Nicole, stell dir vor, der Raub mit der Ermordung der Mitglieder von der chinesischen Familie in Großpferd begingen Leute, die am Diebstahl der Angorawolle bei Joseph Bernstein beteiligt waren.«

Nicole hat vom Verbrechen gehört, jedoch zeigte bis jetzt kein Interesse über die Täter. Und in diesem Moment gingen Fabians Wörter durch ihr Gehirn und lösten für einen Augenblick ihre Handlungs- und Entscheidungsunfähigkeit aus, als ob seine Rede in ihr eine Paralyse hervorgerufen hat.

»Ich muss mich im Zaum halten, damit niemand, um so mehr Fabian von meiner Beziehung mit Sven erfahren würde. Ich muss machen, als ob ich nicht verstanden habe, wovon die Rede ist; als ob nichts geschehen wäre,« dachte im Augenblick Nicole.

Wenn auch sie sich benehmen wollte, als ob sie nicht verstanden hat, wovon die Rede war, oder kein Interesse über die Rede hat, veränderte sich ab sofort ihre Stimmung.

Wieder und wieder ging ihr durch den Kopf das letzte Treffen und ihr Gespräch mit Sven:

»Sven, ich weiß, wie man Geld machen kann.«

»Wie denn?«, fragte er.

»In Großpferd wohnt eine Familie aus China. Die Familie züchtet Kartoffeln, Möhren, Zwiebeln, Knoblauch, Pfeffer und andere landwirtschaftliche Pflanzen. Ihre Ware und auch noch mehr andere verkaufen sie in ihrem Laden, der sich in Maibach befindet. Besonders viel Wodka verkaufen sie,« sagte ich ihm.

»Was für Wodka?,« interessierte er sich.

»Wodka aus China,« antwortete ich ihm.

»Im Prinzip war das meine Idee. Er kam auf den Einfall aufgrund meines Anstachelns zum Diebstahl des Geldes. Anstatt ihn vom Diebstahl oder von einem anderen Verbrechen abzubringen, stachelte ich ihn zum Diebstahl an. Jetzt passierte der Unglück und ich verlor meinen geliebten Mensch,« dachte und bedauerte sie gerade.

VI

Morgens wurde Holger vom Aufseher aufgeweckt. »Professor« war zu diesem Zeitpunkt frisch und lebensvoll.

Nach dem Waschen wurden sie zum Frühstückessen aufgerufen. Holger hat schlechten Appetit gehabt, weil er die ganze Nacht kaum geschlafen hat. »Professor« sprach im Mut zu: »Holger, jedem Mensch ist schwer, solange er etwas bei sich behält, das ihn in Verzweiflung stürzt. Wenn alles heraus ist, besonders nach dem Gericht, dann fühlt man Erleichterung. Sowas habe ich selbst erlebt, deshalb kenne ich mich darin aus.«

»Ich glaube, eine Erleichterung werde ich niemals spüren, nachdem wir solches Verbrechen begangen haben,« sagte Holger und fuhr fort: »Stell dir vor, vor einiger Zeit kam zu mir mein ehemaliger Mittäter, der Sven heißt, und schlug mir vor, ein Diebstahl zu verüben. Ich sagte zu und brachte ihn und noch einen Bursche, den ich überhaupt vorher nicht kannte, nach Großpferd in Kreis Maibach.

Dort anstatt Diebstahl zu begehen, erschoss Sven wegen des Geldes zwei Männer, schlug zwei Frauen und zwei Mädchen nieder, und setzte ihr Haus mit allen Mitgliedern der Familie ins Feuer.«

»Professor« hörte Holger zu und verstand, dass er nicht fähig ist, Mord und Raub zu verüben und fragte ihn einfach: »Und wie ist es überhaupt dazu gekommen?«

»Sven Mieder ist mein Mittäter beim Diebstahl der Angorawolle. Hinsichtlich uns beiden wird wegen des Diebstahls ermittelt. Wir waren niemals gute Bekannte und seither sind wir näher zueinander geworden.

Vor kurzem kam er zu mir und sagte: »Im Dorf Großpferd in Kreis Maibach wohnt ein Chinese, der mit seiner Familie Landwirt und Einzelhandel betreibt. Der Unternehmer hat ein Laden und verkauft sowohl eigene landwirtschaftliche Ware als auch industrielle Ware, einschließlich aus China Wodka.

Mit seinen Geschäften macht er große Umsätze und hat viel Geld. Wir können bei ihm in die Wohnung einbrechen und das Geld stehlen.

Er überzeugte mich den Unternehmer Nian Kau-Schau-Pin zu bestehlen. Später schlug er vor, zu diesem Diebstahl Lars Saite aufzunehmen. So sind wir zu dritt nach Großpferd gefahren. Unterwegs redeten wir miteinander und lernten uns besser kennen.

Lars stammt aus dem Dorf Großpferd und kennt sich in dieser Gegend sehr gut aus. Deshalb zog ihn Sven ins Geschäft hinein.«

Holger erzählte selbst bis zu Detail vom Mord und Raub, die sie begangen haben. Danach fragte »Professor« immer wieder nach.

»Wessen Idee war das überhaupt?«

»Das war Idee von Nicole, Geliebte von Sven. Aber die Rede war vom Diebstahl des Geldes und nicht mehr. Ich und Lars konnten uns sowas nicht vorstellen.«

»Was konntet ihr euch nicht vorstellen?«

»Das Sven eine Pistole mitnehmen und die Leute erschießen wird.«

»Hast du gewusst, dass er eine Pistole hatte?«

»Nein, wusste ich nicht. Ich stand nicht nah mit ihm in Beziehung.«

»Und Lars wusste vorher von der Pistole?«

»Nein, Lars hat Sven neben dem Fluss erschossen, weil er die Leute wegen des Geldes in der Wohnung umgebracht hat.«

»Wen hat Sven in der Wohnung umgebracht?«

»Sven erschoss Nian und Shan. Er schlug Li zusammen. Als er das Geld bekommen hat, verprügelte er auch Fung und ihre Enkelin bis zur Bewusstlosigkeit. Er schlug ihnen mit der Pistole auf den Kopf.

Wie meinst du, wird der Untersuchungsrichter mich an Mord und Raub beschuldigen?«

»Schwierige Frage. Wer wird dir glauben, dass die Leute von Sven umgebracht worden waren? Wie ich dich verstanden habe, wurde Sven auch aus derselben Pistole erschossen.«

»Genau. Danach sind ich und Lars nach Siebenzelt gefahren. Das Geld haben wir in der Wohnung von Lars durchgezählt und uns zu zwei gleichen Teilen verteilt. Du wirst nicht glauben, dass manche Leute zuhause so viel Geld aufbewahren.«

»War viel Geld bei ihnen?«, fragte »Professor«.
»Fünfhundertmillionen (500 Mio.) Rubel.«

»Professor« überlegte sich und fragte: »Wie viel US Dollar sind das?«.
»Umgerechnet auf US Dollar macht das Geld bis 60 000 US Dollar aus,« antwortete Holger.
»Und trotzdem ist das heutzutage bei solch einer hohen Inflation der Währung Rubel ein finanzielles Abgesichertsein. Wahrscheinlich war die Familie sehr fleißig gewesen,« fuhr »Professor« fort.

Wenn alle Opfern tot sind, dann droht euch bestimmt das höchste Strafausmaß. Man sollte mit den Ermittlern kooperieren,« empfahl ihm »Professor«.
Eine Stunde später wurde Holger Pappel vom Aufseher auf die Bitte von Alexander zur Vernehmung aufgefordert.

VII

Sechs Tage nach dem Überfall befanden sich Fung, Li und ihre zwei Töchter Lu und Aya auf der Intensivstation des Krankenhauses von Maibach.

Fung kam schon am Tatort zum Bewusstsein. Li und ihre zwei Töchter wurden nacheinander innerhalb drei Tage zum Bewusstsein in der Reanimation des Krankenhauses gebracht. Nach dem körperlichen und dem seelischen Zustand war Fung eine starke Frau.

Die Ärzte ließen sie mit der Absicht in der Reanimation liegen, damit sie ihrer Schwiegertochter Li und ihren Enkelkindern Lu und Aya den Mut zusprechen sollte.

Wodurch wurde Fung zu solch einer starken Frau?

Ihr fester Charakter formte sich unter dem Einfluss der schweren Zeit, die China während der Herrschaft von Mao Tse –Tung erlebt hat.

Für immer prägte sich ihr ins Gedächtnis der Abschied mit ihren Eltern, die während der Repression verurteilt wurden, weil sie nicht von Bauern oder Arbeiter, sogenannten Proletariat, stammten. Ihr Vater arbeitete als Ingenieur und ihre Mutter als Lehrerin der Mittelschule.

Fung und ihre Geschwister mussten ins Kinderheim. Ihre Eltern sahen sie nicht mehr. Sie erinnerte sich an die 60-70 Jahre, wie sie während der Kulturevolution genau wie alle anderen Chinesen die Zitaten von Mao Tse-Tung auswendig lernen musste.

Diejenige, die nicht mitgemacht haben, wurden hart bestraft. Das waren Hungerjahre in China.

Im 1976 traf sie zum ersten Mal Shan Kau-Schau-Pin. Sie lernten sich kennen, verliebten sich und haben geheiratet. Im 1977 kam ihr ein einziger Sohn Nian zur Welt.

Und als an die Machtspitze Deng Xiaoping kam wurde in China mit Reformen in der Volkswirtschaft begonnen. Den Bauern, die die Landwirtschaft treiben wollten, wurde die Ausreise in die Länder der ehemaligen Sowjetunion erlaubt. In Kasachstan wurden Zehntausende solche Familien aus China aufgenommen.

Nach vielen Jahren der Diktatur bei der staatlichen Warenproduktion kamen in China zur Welt Reformen, die die Stimmung der Unternehmen zur Warenproduktion gehoben haben.

Deng Xiaoping strebte mit den Reformen in der Volkswirtschaft die Privatisierung der staatlichen Unternehmen durchzusetzen. Private Unternehmen von Kasachstan schlossen mehr und mehr Handlungsgeschäfte mit privaten Unternehmen von China ab.

Eine von solchen war auch die Familie von Kau-Schau-Pin. Fung erinnerte sich an die Zeiten, wie sie ihrem Ehemann Shan und ihrem Sohn Nian vorschlug, nach Kasachstan auszureisen, um dort Landwirt zu treiben.

Jetzt sind die beiden tot und sie trauerte um ihre geliebte Menschen, die sie für immer verloren hat. Ein paar Tage stand sie unter Schock: »Derzeit verlor ich mein eigenes Fleisch und Blut, meinen einzigen Sohn. Seinetwegen bin ich nach Kasachstan gekommen, damit er mit seiner Familie ihre Zukunft aufbauen könnte.

In China ist zu wenig Erdfläche für Bauern. Und nun hat das Leben keinen Sinn mehr. Aber von mir kann sich die Panik weiter auf Schwiegertochter Li und meine Enkelkinder Lu und Aya verbreiten.

Deshalb darf ich nicht in Panik geraten. Ich muss meine Gefühle bezähmen und die junge Leute nicht nur unterstützen, sondern ich muss Li und meine Enkelin irgendwie für das weitere Leben begeistern,« ging ihr durch den Kopf.

Obwohl Nian und Shan nicht mehr leben, müssen wir daran denken, wie wir weiter leben werden.

»Wenn Li mit der Gesundheit soweit sein wird, müssen wir Entscheidung über Ort und Zeit der Beerdigung treffen, nämlich, ob sich die Bestattung in China oder in Kasachstan ereignen sollte.
Die Verwandte von Lars Saite, Holger Pappel und sogar Sven Mieder gaben den Ermittlern ein Versprechen bei der Beerdigung mitzuhelfen. Sie wollen alle damit verbundene Kosten und auch wenn die Beerdigung in China stattfinden sollte, übernehmen,« ließ sie weiterhin durch den Kopf gehen.

Am achten Tag war der Gesundheitszustand von Li stabiler geworden und sie kam zur Ruhe. Sie verstand auch, dass sie mit ihren zwei Töchtern weiter leben muss.

»Li, wir müssen über die Beerdigung von Nian und Shan denken. Untersuchungsrichter Uwe Koch sagte, dass die Leichen für Beerdigung freigegeben sind. Wie meinst du, wann und wo werden wir sie beerdigen?«, fragte sie Fung.

»Wenn ich nach China zurückkehren könnte, dann hätte ich mich für die Beerdigung in China entschieden,« antwortete Li.

»Die Ermittler sagten, dass die Verwandten von Lars Saite, Holger Pappel und Sven Mieder die Kosten für die Bestattung, einschließlich, wenn sie in China stattfinden würden, völlig übernehmen werden,« fuhr Fung fort.

»Ich hätte sie gerne in China beerdigt und wieder zurück nach China ausgereist. Wie sollen dann Lu und Aya in der Schule zurechtkommen? Sieben Jahre wohnen wir hier, sie lernen alles Russisch und Kasachisch in der Schule.

Zwar reden wir mit ihnen zuhause Chinesisch, aber lesen und schreiben Chinesisch können sie nicht. Ich möchte ihnen das Leben noch schwieriger nicht machen. Ich glaube nicht, dass alle Chinesen, die nach Kasachstan gekommen waren, ihre Verwandte zur Beerdigung nach China bringen werden,« antwortete mit Vernunft Li.

»Li, mein Schatz, du bist jung und siehst das Leben ganz anders bzw. mehr nach der Realität an. Ich freue mich für dich. Wir machen alles so, wie du sagst. Solange ich gesund bin, werde ich dir immer beistehen. Auf der Seele brennt es, aber das Leben muss weiter gehen,« sagte Fung.

»Nian erzählte mir, dass er Schutzgelder irgendwelchen Kriminellen und auch jemandem von Polizisten für ihr Schutzdach, wie sie das nennen, zahlen musste. Trotzdem hat uns niemand vor Räubern beschützt.

Sein Kumpel Tian Wing ist mit seiner Familie vor 8. Jahren nach Russland ausgereist und dort treibt er, wie viele andere Chinesen, auch Landwirtschaft. Laut seines Erzählens zahlen die Chinesen ihren Schutzherren (Beamten, Kriminellen) noch mehr Geld.

Somit ist in Russland das Gleiche und vielleicht auch noch schlimmer als hier,« ärgerlich und kränkend äußerte sich Li.

Fung und Li trafen Entscheidung Nian und Shan in Maibach zu beerdigen. Wie es vereinbart worden war, halfen die Ermittler und die Verwandte von Angeklagten sowie auch viele Einwohner aus dem Kreis Maibach während der Bestattung von Nian und Shan.

Große Unterstützung bekam die Familie vom privaten Unternehmer Joseph Bernstein und seiner Ehefrau Claudia.
Die Letzten haben zum Moment eigene private Bank gegründet und leisteten der Familie günstige Kredite und sogar finanzielle Hilfe.

Nachdem ihr Haus in Großpferd durch Brand vernichtet worden war, wurde auf Antrag von Joseph Bernstein und Claudia durch ein Bauunternehmen für die Familie von Fung und Li in Maibach ein Haus aufgebaut.

Joseph Bernstein und Claudia mieteten für Li ein Handelshaus, damit sie ihre Handelsgeschäfte weiter treiben und ihre Familie versorgen konnte.

Viele Jahre und bis heute noch verkaufte Li industrielle und landwirtschaftliche Ware.

Ihre Schwiegermutter Fung verstarb im Alter von 88. Sie unterstütze und half viele Jahre Li und den Enkelkindern.

Lu und Aya absolvierten Realschule, machten Studium, haben eigene Familien und arbeiten. Shan und Nian könnten stolz auf Fung und Li sein.

VIII

Über die Aussagen von Holger Pappel war Alexander erstaunt. Alexander konnte sich vor dem Verhör nicht vorstellen, dass Holger Pappel selbst im Details volles Geständnis ablegen wird.

Auf die Frage von Alexander: »Wer und warum hat Sven Mieder erschossen?« antwortete Pappel: »Sven Mieder wurde von Lars Saite abgeknallt, weil Sven Mieder im Hause Nian und Shan niedergeschossen hat. Außerdem schlug er Li zusammen. Als Sven das Geld bekommen hat, verprügelte er auch Fung und ihre Enkelin bis zur Bewusstlosigkeit . Er schlug ihnen mit der Pistole auf den Kopf.

Wir gingen zu dritt aus dem Haus heraus. Sven trug die Reisetasche mit Geld. Als wir draußen waren, sperrte er die Eingangstür mit einem Schieber zu und steckte das Haus in Brand.

Auf dem Wege zum Auto kam es zwischen Sven und Lars zum Streit. Immer wieder sagte Lars, dass unter uns die Rede vom Diebstahl und nicht vom Mord und Raub gewesen war. Sven fluchte und beleidigte uns beiden. Er wollte die Pistole aus der Tasche ziehen. In dem Moment schlug Lars ihn nieder und nahm ihm die Pistole weg.

Neben dem Auto sagte Lars: »Leider muss ich dich erschießen, sonst wirst du wegen Geld noch viele Leute umbringen.«

»Und Lars feuerte drei Schüsse in Sven ab,« sagte Holger.

»Herr Pappel, wie viel Geld habt ihr der Familie von Nian Kau-Schau-Pin ausgeraubt? Und wo ist das Geld jetzt?«, fragte Alexander.

»Das Geld hat Sven aus dem Tresor genommen, der unter dem Boden, nämlich im Keller des Kinderschlafzimmers steht, und in die Reisetasche gelegt. Nachdem Sven erschossen wurde, fuhren ich und Lars nach Siebenzelt. Bei der Ankunft in Siebenzelt kamen wir zur Wohnung von Lars. Dort zählten wir beiden das Geld durch. Es waren Fünfhundertmillionen (500 Mio.) Rubel. Wir verteilten das Geld unter uns zu zwei gleichen Teilen.

Ehrlich gesagt, seither habe ich Lars nicht gesehen. Was er mit seinem Teil von Zweihundertfünfzigmillionen (250 Mio.) gemacht hat, weiß ich nicht. Das geht mich nicht an.

Ich mache Taxifahren. Bringe die Passagiere sowohl zum Bahnhof als auch zum Flughafen. Deshalb war es für mich einfacher meine Tasche mit Geld in der automatischen Gepäckaufbewahrung in Flughafen aufzubewahren. Dort liegt das Geld bis jetzt,« antwortete Pappel.

»Herr Pappel, Sie sagten, dass Sven Mieder die Eingangstür mit einem Schieber zugesperrt hat. Aber die Tür war offen und Frau Fung rettete sich. Und danach konnte sie ihre Schwiegertochter Li sowie ihre zwei Enkeltöchter Lu und Aya aus dem brennenden Haus befreien. Wie kann man das verstehen? Wer hat ihnen die Eingangstür aufgemacht?«, präzisierte Alexander.

»Ich weiß nicht, wer die Tür aufgemacht hat. Vielleicht zog Lars den Schieber heraus. Er war der Letzte, der von der Tür weggegangen war,« gab die Antwort Pappel.

Alexander merkte, dass Holger Pappel offenherzig, erstaunt war und sich gefreut hat, dass jemand die Eingangstür aufgemacht hat und die Leute am Leben geblieben sind.

Lars Saite war in der Stadt Siebenzelt nicht angemeldet. Deshalb konnten die Ermittler keine Auskunft bei Adressbüro bekommen und Alexander fragte Pappel nach: »Herr Pappel, können Sie uns zeigen wo Lars Saite wohnt und arbeitet?«

»Ich weiß, wo er wohnt und zeige ihnen das Haus. Wo sich das Unternehmen befindet, bei dem er beschäftigt ist, weiß ich nicht. Ich habe von Sven Mieder gehört, dass das Unternehmen »Elektrotechnik« heißt,« antwortete er.

Nachdem Verhör wurde Holger wieder in die Zelle abgeführt.

IX

Jetzt stand fest, dass am Mord und Raub in Großpferd nicht Robin Fabel, sondern Lars Saite mit Holger Papel und Sven Mieder mitbeteiligt waren. Die Gruppe von Marcus Wagner musste momentan an der Verhaftung von Lars Saite denken.

Abends wurde Lars Saite von Marcus und anderen Polizisten im Flughafen der Stadt Siebenzelt während des Einsteigens ins Flugzeug, das den Flug in die Türkei machen sollte, festgenommen.
Es war schon spät und seine Wohnung wurde nicht durchsucht. Die Durchsuchung wurde auf den nächsten Tag verschoben.
Nach dem Verhaften wurde Lars Saite in eine Einzelzelle des Untersuchungsgefängnisses gebracht.
Lars wollte für immer seine Heimat verlassen. Zunächst bezweckte er Ausreise in die Türkei und von dort beabsichtigte er Reise mit Schiff nach

Zypern. Das ausgeraubte Geld hat er mit Hilfe von Mitarbeitern der Commerzbank der Stadt Siebenzelt in die US Dollar mit einem Kurs von 1 US Dollar zu 8300 Rubel umgetauscht. Davon wurden 29 000 US Dollar in eine Bank von Zypern überwiesen.

Beim Festnehmen hat Lars in der Taschen Reisepaas mit Visum für die Ausreise in die Türkei und nach Zypern sowie Bargeld in Höhe von 500 US Dollar gehabt.

Lars hat Verwandte in Großpferd gehabt und von ihnen wusste er, dass Frau Fung, ihre Schwiegertochter Li und ihre zwei Töchter Lu und Aya am Leben geblieben sind. Nur er allein wusste, dass die Letzten ihre Rettung ihm zu verdanken haben. Er nahm den Schieber heraus, machte die Eingangstür auf und gab ihnen die Chance sich zu retten.

Während der Vernehmung von Uwe Koch legte Lars volles Geständnis ab und beantwortete alle Fragen, die ihm gestellt wurden, über Mord und Raub im Hause von Nian Kau-Schan-Pin.

»Herr Saite warum haben Sie Sven Mieder erschossen?«, stellte die Frage Koch.

»Sven hat Nian und Shan abgeknallt. Er verprügelte Li, Fung und zwei Kinder bis zur Bewusstlosigkeit. Als wir draußen waren sperrte er die Eingangstür vom Haus mit einem Schieber zu und steckte das Haus in Brand. Es war dunkel und ich konnte unmerklich für Sven den Schieber herausziehen und die Tür aufmachen. Ich wollte, dass die Leute sich retten.

Vor dem Tat haben wir zu dritt über Diebstahl der Gelder aus dem Haus von Nian geredet. Ich und Holger Pappel wussten gar nicht, dass Sven eine Pistole hat; dass er die Pistole mitnehmen und Nian sowie Shan Kau-Schau-Pin erschießen wird.

Ich wollte nicht, dass Sven noch jemanden erschießt. Deshalb habe ich ihn erschossen und die Pistole auf seine Leiche geworfen.«

»Herr Saite, Sie haben gesagt, dass Sie und Pappel das Geld unter euch beiden verteilt haben. Wo ist Ihr Teil vom Geld?«, fragte Koch.

»Ich habe meinen Teil des Geldes von Zweihundertmillionen (250 Mio.) Rubel bei der Commerzbank gegen US Dollar umgetauscht. Mein Kumpel Dieter Kreuz hat mir daran geholfen. Er half mir auch das Geld in Höhe von 29 000 US Dollar an eine Bank in Zypern zu überweisen.«

X

Joseph und Claudia Bernstein setzten ihre Unterstützung der Familie von Fung und Li fort. Nachdem Tode von Sven Mieder benahm sich Nicole wie übergeschnappte, als ob sie ihren Verstand verloren hätte. Obwohl Claudia, ihre Schwägerin, viele Jahre ihr den Rücken stärkte, wurde Nicole vor Neid und Hass von Glück und Erfolg der Familie von Joseph und Claudia und vor Eifersucht wegen Unterstützung der Familie von Li und Fung in Zorn geraten.

Normaler Menschenverstand kann manchmal die kuriosen Handlungen der Menschen, die aufgrund der Liebesgefühle getrieben werden, nicht fassen. Genauso handelte letzte Zeit Nicole, deren Beziehungen Joseph und Claudia gegenüber sich immer mehr und mehr vom freundschaftlichen zum antipathischen und folglich zum feindschaftlichen Verhalten entwickelt hat.

Ihr gekränktes Benehmen führte oft zu Beleidigungen nicht nur Fabian, sondern auch Claudia und Joseph.
Nicole gab die Schuld am Tod von Sven Joseph Bernstein: »Wenn Joseph wegen des Diebstahls der Angorawolle die Anzeige nicht erstattet hätte, hätte Sven seine Arbeit nicht verloren. Sven ist seinetwegen ohne Arbeit geblieben.«

»Nicole, wovon redest du denn? Woher sollte Joseph wissen, dass am Diebstahl Sven beteiligt gewesen war,« sagte Claudia.
»Er konnte doch die Anzeige zurückziehen,« sagte Nicole.

»Die Ermittlungen waren in vollem Gang, Brendan Kram wurde in Haft genommen. Auf welchem Grund sollte Joseph die Anzeige zurückziehen?«, widersprach Claudia.
»Weißt du, Nicole, einmal vor vielen Jahren verschwieg ich vor Gericht die Wahrheit über ein Diebstahl zu sagen und dafür bezahlte ich mit Freiheitsstrafe.
So etwas will ich nicht mehr erleben, und darf auch nicht, weil ich Familie und Kinder habe. Wenn man Familie hat, dann muss man alles tun, um

die Familienmitglieder glücklich zu machen,« mischte sich Joseph in ihre Rede ein.

»Glücklich zu machen, sagst du?« Fabian arbeitet schon einige Jahre im Betriebe deines Unternehmens. Und du zahlst ihm die monatlichen Löhne nicht rechtzeitig aus. Selber habt ihr genug Geld, habt sogar eigene Bank gegründet. Wie sollen solche Leute wie Fabian und ich leben?«, im Zorn fuhr Nicole fort.

»Nicole, da gebe ich dir Recht. Aber ich kann auch nicht so viel tun. Seit Jahren herrscht in der Volkswirtschaft Krise, die die Inflation der Währung herbeigeführt hat. Ich habe viele Waren an die Kunden verkauft und sie begleichen ihre Rechnungen nicht. Deshalb habe ich kein Geld, um meinen Arbeitern Löhne auszuzahlen. Sobald das Geld auf dem Konto des Unternehmens erscheint, zahle ich die Löhne den Arbeitern aus.

Was uns betrifft, sage ich dir folgendes: »Du kannst dir doch überhaupt nicht vorstellen, welche Risiko ich manchmal beim Abschließen der Handlungsgeschäfte eingehe; wie teuer mir das Geld kostet,« sagte Joseph.

Josef hat Nicole nicht gesagt und durfte sich darüber auch nicht äußern, warum das Geld für ihn zu teuer war. Nur Unternehmer wussten, warum ihr Geld für sie teuer gewesen war. Die Unternehmer mussten bei den Kreditaufnahmen 50% von der Summe den Kreditgebern, nämlich der Geschäftsführung von der Bank (Direktor, seine Vertreter) überlassen. In der Tat war das Bestechungsgeld für die Kreditgewährung und von daher mussten die private Unternehmer schweigen.

Viertes Buch

I

Ein Monat später am Freitag nahmen Alexander, Marcus Wagner und Thomas Ring am Training zum Schießen in der Schießbude des Polizeirevier teil.

Als Alexander die Schießbude verließ, wartete auf hin am Ausgang Claudia Bernstein. Sie war sehr aufgeregt und weinend mit zitternder Stimme redete sie ihn an und erzählte ihm folgendes:

»Alexander, vor einer Stunde wurde mir von der »Stadtklinik« der Stadt Siebenzelt mitgeteilt, dass Joseph bewusstlos in die Klinik eingeliefert wurde.

Er befindet sich zurzeit bewusstlos in der Reanimation ihrer Klinik. Die Ärzte machten die Röntgenuntersuchung und dadurch wurden weder innere noch äußerliche Verletzungen entdeckt.

Sie vermuten eine schwere Vergiftung und nahmen Blut, Magensaft und zerkaute Nahrungen aus seinem Magen für eine Expertise ab. Jetzt machen sie eine Magenspülung.«

Claudia fing an, bitterlich zu weinen.

»Marcus, bitte beruhige sie. Ich muss mich in Verbindung mit den Ärzten der Reanimation setzen,« sagte Alexander und ging in sein Dienstzimmer.

Marcus konnte sehr gut mit jedem Mensch Kontakt aufnehmen und reden. Während Alexander mit den Ärzten geredet hat, fragte Marcus: »Claudia, wenn Joseph von jemandem vergiftet worden war, dann haben Sie vielleicht welche Personen im Verdacht?«

Obwohl Nicole sich durch ihren Streit mit ihr und Joseph verdächtig gemacht hat, verschwieg Claudia über ihren Verdacht.

In diesem Augenblick ging ihr durch den Kopf: »Zuerst müssen Alexander und seine Inspektoren an die Ermittlung angehen, dann werde ich ihnen davon erzählen.«

In kurzer Zeit kam Alexander zurück und sagte: »Claudia, ich und Thomas Ring fahren jetzt nach Siebenzelt. Ich muss mich mit den Ärzten treffen.«

Er sagte Claudia nicht, dass in der Klinik die notwendigen Medikamenten, wie Antibiotikum usw. fehlen. Das erzählte er unterwegs Thomas Ring, der weiterhin in der Abteilung gegen Korruption und Bestechung beschäftigt war.

»Thomas, ich nahm dich mit, weil du helfen solltest, die notwendigen Medikamenten, wie Antibiotikum und Arzneimittel für Magenspüllung in Apotheken der Stadt Siebenzelt zu finden. Du weißt sehr gut, dass heutzutage in den Kliniken keine Medikamenten sind. Alles müssen die Patienten bzw. ihre Verwandte selber und außerdem für hohe Preise besorgen.

Die pharmazeutischen Unternehmen sind zurzeit noch staatliche, nicht privatisiert und ihre Staatsangestellte machen mit der Absicht Defizit an schönen Medikamenten, indem sie gute Medikamenten in ihren Lagern behalten und weder an die Apotheken noch an die Krankenhäuser liefern. Wir müssen für Josephs Behandlung die Medikamenten aufbringen.«

»Alexander, mach dir keine Sorge. Wir werden die Medikamenten beschaffen. Gegenwärtig, kennst du selber, werden die guten Medikamenten von Angestellten der pharmazeutischen Unternehmen gegen Bestechungsgelder verkauft.

Da hast du Recht. Heutzutage liefern die pharmazeutischen Unternehmen gute Medikamente weder an die Apotheken noch an die Krankenhäuser. Sie verkaufen sie direkt aus ihren Warenlagern an die Bürger und an die Kliniken gegen Bargeld und am meisten gegen US Dollar. Die Abteilung für Bekämpfung der Korruption und Bestechung der Gebietsverwaltung des Innenministeriums unternimmt gegen die Verbrecher gar nichts, weil viele ihre Beamte die Verbrecher unmittelbar gegen Schutzgelder in Schutz nehmen bzw. decken,« sagte Thomas.

»Ich zeigte den Angestellten der Apotheke meinen Dienstausweis und sie haben mir sofort alle notwendigen Medikamente und dazu noch für günstige Preise verkauft,« sagte fröhlich Thomas.

»Das System über die Versorgung der Menschen wird sich wahrscheinlich in diesem Land niemals ändern. Alles wird unter Beziehungen bzw. unter der Hand und zudem mit dem Zweck Vorteile zu haben, verkauft. Und die Hauptursache ist, dass die Beamte bestechliche Menschen sind,« mit Empörung antwortete Alexander.

Alexander und Thomas Ring brachten alle notwendigen für die Behandlung von Joseph Bernstein Medikamenten auf und versorgten damit die Ärzte. Die Ärzten machten alles mögliches, um das Leben von Joseph zu retten. Aber nach fünf Tagen verstarb Joseph an Vergiftung, ohne zum Bewusstsein zu kommen.

II

»Wenn er vergiftet worden war, dann von wem? Wer hat ihn vergiftet?«, stellte Alexander immer wieder die Frage.
»Wir müssen seine letzten Verkehren bzw. Treffen ermitteln und wichtig dabei ist die Personen mit denen er gegessen bzw. getrunken hat, festzustellen. Es kann sein, dass er bei solch einer Maßnahme von jemandem vergiftet wurde,« stellte Marcus seine Version dar.
»Marcus, halte es für deine Aufgabe. Stelle die letzten Begegnungen von Joseph mit anderen Personen fest, besonders, wie du gesagt hast, mit wem er die Mahlzeiten (Essen, Trinken) gehabt hat,« billigte Alexander seine Maßnahmen.
Claudia erzählte bis jetzt nichts über den Streit zwischen ihnen und Nicole.

Gerichtsmediziner und Pathologe stellten durch die Obduktion und pathologische Untersuchung fest, dass Joseph Bernstein an Nikotinvergiftung starb, die durch Absud von der starken Dosierung der nikotinhaltigen Pflanzen - Stechapfel vermischt mit Haschisch, Alkohol und anderem Saft bzw. Cocktail verursacht wurde.

Als Alexander von der Schlussfolgerung der Experten erfuhr, sagte er: »Marcus, jetzt wissen wir Bescheid, dass Joseph vergiftet wurde und wir wissen sogar mit welchem Giftstoff er vergiftet worden war. Und die Frage ist: Wer hat ihn vergiftet?«

»Alexander, mir ist es gelungen, festzustellen, dass Joseph sich vor der Einlieferung ins Krankenhaus mit dem Direktor der Commerzbank Lanz Weber im Restaurant »Siebenzelt« getroffen hat. Sie saßen zu zwei am Tisch, aßen und redeten miteinander fast drei Stunden.
Dabei war auch Alkohol im Spiel. Sie wurden von zwei Kellnern bedient.
Die Leibwächter von den beiden standen an Ein- und Ausgangstüren des Restaurant.
Draußen neben dem Nebengebäude vom Restaurant stehen zwei Behälter für unbrauchbares Leergut und andere Abfälle. In einem von ihnen fand ich fünf verschiedene Glasflaschen und drei Plastikflaschen, die ich vor Zeugen beschlagnahmt habe.
Laut der Erzählung von Chefkellner Sigfried Ginstermann wurden die Flaschen mit Getränken von jemandem mitgebracht, weil Getränke in solchen Flaschen im Sortiment vom Restaurant nicht gewesen waren,« berichtete Marcus.

»Jetzt nach der Feststellung der letzten Begegnung von Joseph Bernstein werde ich ab sofort die Dienstabteilung für Beobachtung von der Verwaltung des Innenministeriums von Gebiet Siebenzelt zur Beobachtung des Direktors der Commerzbank Lanz Weber beauftragen.

Ab nun sollten mehrere Beschatter der Dienstabteilung rund um die Uhr Lanz Weber beobachten, nämlich alle seine außendienstlichen Treffen zu dokumentieren,« sagte Alexander.

Das Beobachtungsdienst informierte Alexander über jeden Schritt von Lanz Weber: »Nichts ahnend besuchte Lanz Weber zweimal abends zusammen mit dem Kaufmann der Commerzbank Tadeus Essig Kasino, wo sie mehrere hunderte Tausend Rubel in Roulette verspielt haben.

Lanz Weber hat eine Beziehung mit einem jungen Mädchen. Das junge Ding wohnt wahrscheinlich mit Eltern. Er holte sie jeden Tag gegen Abend von Zuhause ab und dann fahren sie zu zwei aufs Land, wo sie in seinem Wochenendhaus übernachten.

Morgens um 7 Uhr bringt er sie wieder nach Hause und danach zur Schule.«

Im Auftrag von Alexander stellte Marcus Wagner die persönlichen Angaben vom Mädchen fest.

»Alexander, an diese Adresse wohnt Familie von Klinge. Sie haben zwei Kinder: Sohn – Alex und eine Tochter - Margarita. Sie ist 16. Jahre alt und besucht zurzeit die 10. Klasse der Mittelschule. Mit ihr trifft sich Lanz Weber.

Die Eltern von Margarita sind Alkoholiken und sie kümmern sich kaum um die Erziehung ihrer Kinder. Margarita ist sehr hübsche, attraktive, schlanke, mit etwa 175 cm großem und gut aufgebautem Körper, dunkelhäutige Brünette. Ich habe sie neben ihrem Hause, beim Zurückkehren von der Schule, beobachtet. Wenn du sie gesehen hättest, würden dir auch die sexuellen Zuneigungsgefühle angereizt,« rapportierte Marcus.

Zwei Tage später teilte das Beobachtungsdienst mit: »Die vergangene Nacht verbrachte Lanz Weber wieder mit Margarita Klinge im Landhaus. Abends nach dem Duschen und Essen gingen sie ins Bett. Bis spät in die Nacht brannte das Licht im Schlafzimmer. Es sah aus, als ob er sich bei der Liebe an ihr weiden wollte.

Als sie im Schlafzimmer waren, knöpfte er ihren Schlafanzug auf und ließ ihn auf den Boden fallen. Margarita stand vor ihm nackt, ohne Büstenhalter und ohnedem Slip. Gleichzeitig knöpfte sie seinen Schlafanzug auf. Im Nu waren die beiden nackt und küssten sich gegenseitig. Er küsste sie auf die Lippen, auf die Brust, auf die Brustwarzen. Kniete sich vor ihr nieder und umarmt am Becken küsste sie mit voller Leidenschaft auf den Bauch, als ob er sie auffressen wollte.

Dann umarmte er sie mit Handflächen von innen an Oberschenkeln und Hinterbacken und legte sie auf das Bett, sodass ihre Beine gespreizt und hochgestreckt auf seinen Schultern lagen. Kräftig drückte er sich an sie zwischen ihren Beinen. Die zwei schmiegten sich aneinander an und schon nach einem Augenblick stöhnte sie laut vom Orgasmus und bewegte sich mit voller Kraft seinen Bewegungen entgegen.

Und er setzte weiterhin sein Anschmiegen an sie fort, weil er wahrscheinlich nicht ejakuliert hat. Mit seinen anschmiegenden an sie Bewegungen kitzelte er wahrscheinlich ihr Genitalienbereich so heftig, dass sie sich unter ihm umdrehte und mit gespreizten Beinen auf Knie stellte.

Er stellte sich von hinten zwischen ihren Beinen, grätschte ihre Hinterbacken und schmiegte sich wieder an ihre Genitalien. Er bemühte sich beim Umgang mit ihrem Körper so, wie es die Musiker mit den Musikinstrumenten umgehen.

Nachher legte er sich auf den Rücken und sie setzte sich auf ihn rittlings und rührte kraftvoll hin und her ihr Becken.

Mit Handflächen hielt er sie an Busen und küsste sie auf die Lippen, auf die Brustwarzen. Ihre Liebe dauerte möglicherweise halbe Stunde und danach hörten wir die Stöhnen der beiden zur gleichen Zeit vom Orgasmus.

Anschließend lagen Lanz Weber und Margarita Klinge nackt auf dem Bett und redeten miteinander, bevor sie das Licht ausschalteten. Morgens nach dem Duschen und Essen brachte er sie mit dem Auto zu ihr nach Hause und dann zur Schule.«

III

Alexander informierte Marcus und Thomas Ring über Bericht von Beobachtungsabteilung und stellte ihnen Aufgaben: »Marcus, du sagst, dass Joseph und Lanz Weber im Restaurant etwa drei Stunden geredet haben. Wovon haben Joseph und Lanz Weber so lange geredet? Was konnte die beiden verbinden? Was für Geschäfte können die zwei treiben?

Wir können Lanz Weber wegen des Geschlechtsverkehrs mit minderjährigem Mädchen vorläufig verhaften, aber wir haben gegen ihn keine Beweisstücke über Verübung irgendwelcher Verbrechen. Deshalb müssen wir weiter Beweisstücke sammeln.

Thomas, deine Aufgabe ist, alles genau über die Beziehung von Joseph Bernstein und Lanz Weber zu ermitteln.
Außerdem nutze deine dienstliche Möglichkeit als Inspektor zur Bekämpfung der Korruption und stelle die Persönlichkeit bzw. die Identität der zwei Kellner fest.
Wer weiß, vielleicht wurde er von einem Kellner vergiftet.«

Und Alexander fuhr fort: »Marcus, deine Aufgabe ist die außerdienstliche Zeit und Beziehungen von Tadeus Essig zu ermitteln. Mit wem er die Zeit verbringt? Ob er Geliebte hat? Vergesse nicht, dass jeder Geliebte Geschenke gemacht werden.«

Im Augenblick ließ Thomas durch den Kopf gehen: »Wo ist Nele Magnet? Wie gerne hätte ich auch ihr Geschenke gemacht.«

Nach der Sitzung ging jeder an die Arbeit an.

IV

Inzwischen machten Direktor der Bank Lanz Weber, seine Hauptbuchhalterin Daniela König alles notwendiges, um die Bestechungsgelder, die sie von den privaten Unternehmern bekamen, in ihre verbrecherische Geschäfte zu investieren.

»Daniela, der Tresor in der Kasse ist schon mit Geld voll. Letzte Zeit nahmen viele private Unternehmer Kredite in Höhe von vielen Millionen Rubel auf und jeder überließ uns 50% von der Kreditsumme.

Ich habe keinen Platz im Tresor, um das Geld für die Arbeiter und Kunden aufzubewahren,« sagte die Kassiererin der Commerzbank Maria Prahm ihrer Hauptbuchhalterin Daniela König.

»Ich werde mich heute schon darum kümmern. Mache dir keine Sorge,« antwortete fröhlich Daniela.

Daniela wandte sich an den Kaufmann Tadeus Essig, der im Auftrag von Lanz Weber das Geld in den Einkauf der Buntmetalle investieren sollte.

Ein paar Tage später stellte Thomas Ring folgendes fest.

Vor halbem Jahr gründeten Lanz Weber, Tadeus Essig, Daniela König und Maria Prahm durch ein Strohmann – Arnold Mais ein Unternehmen, das ein bestimmtes Ziel verfolgen sollte: Beschaffung der Buntmetalle und ihr Verkauf an die Unternehmen von China.

Nach dem Zusammenbruch der Sowjetunion wurden viele alte Flugzeuge, Raketen, Panzer usw., die den Truppenteilen des Militärs mit Stationierung in der gesperrten Stadt »Endstation« des Gebiets Siebenzelt gehört haben, abgeschrieben und auseinandergenommen bzw. abmontiert.

Die Offiziere bzw. die Beamte der Truppenteilen verkauften die abgebauten Teile aus Buntmetallen den privaten Unternehmen, die die Buntmetalle nach China geliefert und verkauft haben.
Ein von solchen Unternehmen, das damit große Geschäfte gemacht hat, war das Unternehmen von Joseph Bernstein.

Roman Albino, der die Stelle des Leiters einer Abteilung von Gesundheitsministerium der Republik einnahm und zugleich privat frevelhafte Geschäfte trieb, traf sich vor zwei Monaten in Siebenzelt mit Lanz Weber, den er seit Studienzeit der siebziger Jahre gut kannte.
Das Ziel des Treffens war die Schließung eines Vertrages über Beschaffung und Veräußerung von Buntmetallen.
Beim Treffen sagte Roman: »Lanz, mir ist bekannt, dass du ein Unternehmen gegründet hast, das sich mit Beschaffung und Veräußerung

211

der Buntmetallen beschäftigen sollte. Unter anderem ist mir bekannt, dass man dabei ohne hohe Aufwendungen die Buntmetalle nach China verkaufen und große Gewinne erzielen kann. Ich möchte mit dir ins Geschäft kommen.«

Sie trafen sich im Schwimmbad »Ozean«. Das Schwimmbad wurde für zwei Tage von Lanz Weber durch Arnold Mais gemietet, sodass im Raume des großen Schwimmbades nur bis 30 Männer gewesen waren. Das waren Leibwächter von Lanz und Roman, Arnold Mais und ihre Anwälte.

Zunächst fand der offizielle Teil statt, während dessen Roman und Lanz über die Investierung für die Beschaffung der Buntmetalle, über den Absatz der Buntmetalle nach China und die Verteilungen der Gewinne besprochen haben.

Roman Albino und Lanz Weber erklärten sich für die gleiche Beteiligung (50% zu 50%) an den Kosten und ebenso an Verteilung der Gewinne. Beide Seite waren mit dem Vertrag zufrieden. Von nun an sollten alle Rechtsageschäfte auf Unternehmer Arnold Mais legalisiert werden.

Danach begann der inoffizielle Teil des Treffens und Roman sagte erfreut: »Lanz, ich glaube, für unseren inoffiziellen Teil hast du junge Mädchen eingeladen?«

»Roman, du kennst doch mich. Für dich persönlich stelle ich vier einnehmende, attraktive, bezaubernde, charmante, reizende 16. jährige Jungfrauen bereit. Eine ist blonde (Luisa), eine dunkelblonde (Jasmin) und zwei von ihnen sind schwarzhaarige (Vanessa und Jessica).

Du kannst auswählen und wenn du willst kannst mit ihnen allen zugleich Liebe haben. Sie sind gesund, rauchen nicht und trinken kein Alkohol. Ich stelle dir mit deinen Mädchen das kleine Schwimmbad zur Verfügung.

Über die Kosten war keine Rede, weil unter solchen schroffen Leuten, wie sie sich, die Verbrecher, selbst genannt haben, war es als infam die Kosten nicht zu übernehmen,« prahlte damit Lanz.

»Lanz, ich kenne und schätze deine Fähigkeiten. Wir können auch gemeinsam in einem Schwimmbad baden,« antwortete Roman.

Beim Anblick der jungen Mädchen verstärkten sich seine Zuneigungsgefühle nach Liebe und Roman Albino entfernte sich mit Jasmin und Vanessa in das kleine Schwimmbad.

Vor dem Hineingehen ins Wasser ließ Roman zuerst seine Badehose herunter und auf seine Bitte machten Jasmin sowie Vanessa ihm nach und zogen beide ihre Ober- und Unterteile der Bikini aus. Nun waren sie alle nackt. Jasmin und Vanessa dachten an Belehrung von Lanz Weber: »Gnädig zu sein und alles tun, was Roman Albino sich wünschen würde, sogar oraler Verkehr. Dafür versprach er höhere Belohnung.«
Zwei Stunden dauerte ihre Vergnügen: Massage, Liebesakte und sogar sexuelle Stimulation mit dem Mund. Besonders gefiel ihm Vanessa. Roman hat mit den beiden Mädchen Liebe getrieben.

Abends gingen Lanz Weber und Roman Albino ins Restaurant. Lanz reservierte ein Speisezimmer von 18 bis 22 Uhr, das für die Amtspersonen bestimmt wurde. Sie waren im Zimmer zu zwei und jetzt konnten sie weitere Angelegenheiten über das Geschäft besprechen.

Roman bedankte sich bei Lanz für die Mädchen, die ihm im Schwimmbad Vergnügen bereitet haben.

»Lanz, du hast dich nicht verändert. Du konntest schon immer vernünftig eine Erholung in die Wege leiten. Wer gescheit eine Entspannung veranstalten kann, ist auch gut bei der Arbeit. Komm! Trinken wir für unsere gute Zusammenarbeit.

Wenn du bei mir in Almaty zu Gast sein würdest, würde ich auch dir zu Ehren solch ein Fest arrangieren.«

Sie leeren ihre Gläser und redeten weiterhin über das Geschäft mit Buntmetallen.

»Lanz, damit unser Unternehmen keine Konkurrenten mehr hat, müssen alle andere Unternehmen, die an der Beschaffung der Buntmetalle Geschäfte machen, beseitigt sein werden. Nur wir alleine müssen dort Geld anlegen. Glaube mir, das ist Gewinn bringendes Geschäft,« jetzt schon befehlshaberisch sagte Albino, der hoch gestellte Beamte und zugleich Verbrecher.

Lanz gefiel auch Toste auszubringen und er sagte: »Sehr verehrter Herr Albino, ich bitte, für Gesundheit und Glück unserer Familien, für Erfolg unseres gemeinsamen Unternehmens und für friedlichen Himmel zu trinken!«

Am nächsten Tag fuhr Roman Albino nach Almaty.

Vor Lanz stand jetzt klare Aufgabe und er bekam auch grünes Licht für die Beschaffung der Buntmetallen.

Ihn unterstützt Herr Albino, Schwiegersohn von Präsident der Republik. Das verdrehte ihm den Kopf.

Schon am nächsten Tag morgens beauftragte er Tadeus Essig und Daniela König die Erlangten von Unternehmern viele Millionen Rubel aus Tresor der Kasse durch Arnold Mais in die Beschaffung der Buntmetalle zu investieren.

Abends besuchte Lanz seinen Bruder Tony Weber bei ihm Zuhause und sie redeten darüber.

»Tony, wie du schon gehört hast, traf ich mich gestern mit Roman Albino. Ich erzählte dir von ihm. Er ist Schwiegersohn von Präsident der Republik. Mit ihm als Partner kann man Handlungsgeschäfte machen. Mit ihm kann man ohne Bestechungsgelder in den staatlichen Behörden viele notwendige Erlaubnisse, wie Visum, Genehmigung für Beschaffung der Buntmetalle und ihr Verkauf nach China usw. erhalten.

Und er bat mich, später zusammen mit ihm ein Hotel für Touristen in Zypern zu erwerben. Der Kaufvertrag auf das Hotel sollte von mir als Inhabervertrag bzw. Vorzeiger abgeschlossen werden. Davon sollten nur ich und er wissen,« erzählte Lanz.

»Lanz, begreifst du nicht, was er vorhat?«

»Was denn?«

»Er wird dich nach dem Abschließen des Kaufvertrages beseitigen; einfach umbringen.«

»Ich glaube nicht. Er war sehr offenherzig.«

»Die hoch gestellte Beamte sind alle offenherzig, solange sie ihren gierigen Drang nicht befriedigen. Sollten sie ihr Ziel erreichen, vernichten sie die Menschen wie ein benutztes Kondom. Am meisten sind solche Beamten bis in die Knochen bestechlich.

Davon weißt du doch selber. Hast du doch auch schon bezahlen müssen. Das Sprichwort: »Ein gebranntes Kind scheut das Feuer« kommt doch nicht umsonst aus dem Leben. Lanz, du musst dein Verstand anstrengen.

An deiner Stelle würde ich mich von ihm distanzieren. Lieber erstatte ihm seine Verluste und mache nicht mit. Ich bin dein Bruder und wünsche dir nur das Beste. Unsere Eltern sind verstorben und wir beiden sind die ältere in der Familie. Wir müssen uns um andere Geschwister kümmern,« sagte besorgt Tony.

Während der Rede mit Tony wollte Lanz über seine Absicht Joseph Bernstein zu beseitigen, verschweigen, aber Tony kannte sehr gut seinen Bruder und sagte: »Ich glaube, du wolltest mir noch etwas verraten?

Und weißt du, was ich dir noch sagen will. Den Leuten, wie Roman Albino, gehört die Zukunft in dem Land. Mit voller Unverschämtheit verwenden sie ihre staatliche Macht und nutzen alle private Unternehmer für Verwirklichung ihrer Ziele zur Bereicherung aus. Nachher bringen sie sie um, um keine Zeugen zu haben.«

»Tony, wahrscheinlich werde ich Joseph Bernstein umbringen müssen, wenn er auf die Beschaffung der Buntmetalle nicht verzichtet. Ich wollte, dass du davon nichts erfährst.

Joseph Bernstein leistet finanzielle Unterstützung vielen armen Leuten und spendet viel Geld den hungerleidenden Verurteilten zur Freiheitsstrafe, die die Strafe in der Arbeitskolonie »Siebenzelt« abbüßen.

Sollte irgendwelches Gerücht über Mord an Joseph gehen, dann werden mich alle Unternehmer und auch der Pate »Recke« nicht nur hassen, sondern auch verfolgen,« antwortete Lanz.

»Willst du wegen des Geldes auch Joseph Bernstein töten lassen? Vergesse nicht, dass du eine Familie mit Ehefrau und zwei Kindern hast. Du wirst dafür sowieso kaltgemacht und deine Kinder werden von den Leuten verwünscht und sogar gehasst.

Und vergesse nicht, Roman Albino wird dich über die Klinge springen lassen, sobald du mit dem Erwerb des Hotels fertig sein wirst. Solche Verbrecher sind viel gefährlicher als »Recke« oder sogar vorbestrafte Mörder, weil sie an der staatlichen Macht sind und gleichzeitig mit der verbrecherischen Welt verbunden sind,« wiederholte Tony.

»Tony, davon sollte niemand erfahren,« bat ihn Lanz.
»Warum sollte ich sowas jemandem erzählen? Bist du bekloppt?
Der Pate »Recke« wird davon sowieso erfahren, weil dein Killer auch mit der kriminellen Welt verbunden ist und er wird einen Teil der Belohnung,

die er von dir kriegt, an die gemeinsame Kasse bei »Recke« eintragen,« mit
Empörung sagte Tony.
Sie tranken Kognak und redeten bis in die Nacht. Gegen 2 Uhr fuhr Lanz
nach Hause.

V

Aufgrund des Berichtes von Thomas Ring stellte Alexander eine Version
auf, dass Joseph Bernstein im Auftrag von Lanz Weber von einem Killer
vergiftet wurde.
Alexander forderte zur Besprechung auf sein Dienstzimmer Marcus
Wagner, Elmar Karaffe und Thomas Ring auf.

Alexander schenkte Thomas Gehör und sagte: »Ich habe allen Grund zu
sagen, dass Joseph Bernstein im Auftrag von Lanz Weber von einem Killer
umgebracht worden war.
Ich glaube, uns ist jetzt klar geworden, wovon sie damals im Restaurant
geredet haben.
Unsere Aufgabe ist den Killer festzustellen. Ich werde die
Beobachtungsabteilung der Verwaltung des Innenministeriums über
Gebiet Siebenzelt beauftragen, Lanz Weber wieder rund um die Uhr unter
die Aufsicht von Schatteninspektoren zu nehmen.«
Von der Beobachtungsabteilung bekam Alexander innerhalb einer Woche
eine Mitteilung, dass Lanz Weber, der Kaufmann der Bank Tadeus Essig

und der Unternehmer Arnold Mais, mit dem Auto vom Mais, nach China ausgereist sind. Irgendwelche Kontakte mit anderen Personen nahm Lanz nicht auf.

Alexander kannte sich aus, wie die Killer mit der Aufgabe zum Mord beauftragt und bezahl werden. Solche Aufträge werden für sie von ihren Leibwächtern erfüllt, aber er wusste nicht, wer von ihnen das war, wenn er von den Liebwächtern unter Aufsicht nehmen sollte.

Nach dem Zurückkehren aus China übernachtete Lanz jeden Tag mit Margarita Klinge in seinem Landhaus.
Von Zeit zur Zeit besuchte er seine Familie, um Kinder zu sehen. Die Geschäfte mit Beschaffung und Verkauf der Buntmetalle waren im vollen Gange.

Nach dem nächstfolgenden Zurückkehren aus China rief Roman Albino bei Lanz Weber an und sagte: »Lanz, mit Hilfe von meinen Kumpeln fand ich zum Erwerb ein Hotel für Touristen gegen 4 Millionen US-Dollar in Zypern.

Wenn du Interesse hast, komme zu mir nach Almaty und wir werden im Detail über das Geschäft reden. Ich habe auch eine Bank in Nikosia gefunden, an die unser Geld überwiesen werden sollte.«
»Roman, übermorgen komme ich vorbei,« antwortete Lanz.
Lanz redete nochmal mit seinem Bruder Tony: »Tony, gestern rief Roman Albino an und schlug mir vor, ein Hotel für Touristen in Zypern zu

kaufen. Ich soll nach Zypern fahren und dort ein Hotel für 4 Millionen US-Dollar kaufen. Das Hotel sollte uns beiden zu gleichen Anteilen gehören.«

»Lanz, wie kannst du ihm glauben? Wenn du den Kaufvertrag abschließt und nach Almaty zurückkommst, werden sie dich umbringen. Du weißt doch Bescheid, dass du nicht der Einzige bist. Es kam schon oft vor, wenn die bestechlichen Staatsbeamten die private Unternehmer für solche Zwecke ausnutzen, dann werden sie später im Auftrag von ihnen umgebracht. Einige Leichen von ihnen sind gefunden worden und manche sind spurenlos verschwunden,« sagte Tony.

»Tony, ich werde das Risiko eingehen. Wer nicht riskiert, trinkt kein Champagner! Sollte mit dem Erwerb des Hotels alles perfekt klappen, dann können wir unsere drei Geschwister mit Arbeitsplätzen und mit Wohnungen in Zypern versorgen. Allmählich werden wir dort unseren Wohnsitz haben oder uns vor Verfolgung drücken können,« antwortete Lanz.

»Lanz, obwohl du mein älterer Bruder bist, bist du jedoch naiv. Sie werden dich umbringen, glaube mir. Hinter Roman Albino stehen große Leute, sogar der Präsident der Republik. Und wer sind wir? Unsere Eltern waren Bauern. Wir beide haben studiert und jetzt sind wir Direktoren von verschiedenen Banken, weil wir gute Kenntnisse haben und unsere Arbeit gut machen. Illegal sind wir an privaten Unternehmen beteiligt, machen Business. Wenn man bei Geld ist, dann wird man von den

Staatsangestellten gebraucht, da sie mit unseren Händen für sich Geld machen wollen.

Selbst Roman Albino macht so, als ob du sein guter Freund bist. Solltest du verunglücken und nicht mehr bei Geld sein, dann werden sie so machen, als ob sie dich überhaupt nicht kennen. Niemand wird sich für dich oder für deine Familie einsetzen, weil keiner die Beziehung zu den hoch gestellte Beamten verletzen will.

Hast du vergessen, wie wir aufgewachsen sind? Oft haben wir keine Schulsachen gehabt, weil unsere Eltern es nicht leisten konnten. Willst du, dass deine Kinder ohne dich auch so aufwachsen sollen,« fuhr Tony fort.

»Tony, bitte erzähle niemandem, was ich vorhabe. Sollten durch mich die verbrecherischen Geschäfte von Roman Albino unter die Leute gebracht werden, dann werden sie mich umbringen.

Solche Staatsangestellte wie er wollen den Leuten immer zeigen, dass sie ehrliche Politiker sind und sich für die Leute uneigennützig einsetzen,« behauptete jetzt selber Lanz.

So sahen sich und redeten miteinander Lanz und Tony zum letzten Mal. Auf einmal verschwandt Lanz. Die Suche nach ihm hat keinen Erfolg gehabt. Nur Tony wusste, dass ein Vertrauter von Roman Albino und Lanz nach Zypern ausgereist sind, um dort ein Hotel zu kaufen.

Stefanie, Frau von Lanz und Iris, Frau von Tony, arbeiteten in verschiedenen Abteilungen einer Korporation und sahen sich oft. Manchmal redeten sie über ihre Familien.

Nach zwei Monaten des Verschwindens von Lanz fragte Stefanie: »Iris, weiß du nicht, wo Lanz steckt? Ich habe von ihm schon lange nichts gehört.«

Stefanie machte sich Sorge um Lanz, obwohl sich ihre Beziehung bereits am Rande der Scheidung gewesen war. Aber Lanz war Vater ihrer Kinder und sie hat die Hoffnung auf Versöhnung mit ihm nicht verloren.

Iris erzählte ihr dann: »Vor zwei Monaten besuchte er uns Zuhause und nach dem Abendessen redete er bis in die Nacht mit Tony im Wohnzimmer. Seither habe ich ihn auch nicht gesehen. Einmal fragte ich Tony, ob er weiß, wo Lanz ist. Tony antwortete, dass er vielleicht auf Dienstreise ist. Aber seine Abwesenheit regte Tony nicht auf. Wahrscheinlich weiß er, wo er sein kann,« erzählte Iris und fragte sofort: »Liebst du ihn noch?«

»Na ja! Du fragst jetzt, wie ein Mädchen, das noch niemals jemanden geliebt hat. Iris, wenn ich ihn nicht geliebt hätte, würde ich mir um ihn Sorge machen? Ich liebte ihn schon immer. Wir waren 16 Jahre zusammen, haben zwei Kinder.

Ich hoffe, dass er irgendwann zurück zur Familie kommen wird. Wir haben uns nicht geschieden,« griesgrämig antwortete Stefanie.
»Da hast du Recht. Viele Männer haben Geliebte. Ich glaube mein Tony hat auch eine Geliebte. Unter dem Vorwand er habe viel Arbeit, kommt er auch oft zu spät nach Hause. Er liebt seine Tochter und sagt oft Emmi ist

der Sinn seines Lebens. Aber wie lange? Sobald er jemanden trifft und sich frisch verliebt. Dann wird er auch uns beide vergessen, weil sie ihm sein Kopf verdrehen wird.

Sollte ich etwas von Tony über Lanz erfahren, werde ich dir ab sofort Bescheid sagen,« nachgiebig sagte Iris.

VI

Während der Ermittlung jedes Verbrechens stellte Alexander Versionen auf und verlangte von den untergeordneten Inspektoren jedes Mal jede Version im Detail abzuarbeiten.

Deshalb beauftragte er den Inspektor der Kriminalpolizei Elmar Karaffe alle Einzelheiten von den beiden Kellner zu erlernen.

Nach der Abarbeitung der beiden Kellner schrieb Elmar Karaffe ein Bericht an Alexander: »Einer von ihnen Reino Haube studiert im dritten Jahr der kulinarischen Hochschule und arbeitet zweimal in der Woche abends bis 4 Stunden als Kellner, um sein Studium zu bezahlen.

Er stammt aus einer großen Familie. Seine Eltern wohnen auf dem Land und sind Lehrer der Grundschule. Reino wohnt in der Gemeinschaftswohnung der Hochschule. Er ist mit Simone Gaudi befreundet, die mit ihm in einer Gruppe Studium macht. Die beiden lieben sich und sind schon zwei Jahre zusammen.

Er steht in Verbindung nur mit Jungs und Mädchen, die mit ihm studieren. Die Leiterin der Gemeinschaftswohnung Frau Hedy Meute äußerte sich über ihn auch nur positiv.

Der andere Kellner Ernst Rüge arbeitet seit zwei Jahren als Kellner im Restaurant. Er ist Bruder von Torsten Klein. Ernst hat anderen Namen, weil er nach den kasachischen Gewohnheiten bei seinen Großeltern aufgewachsen worden war.

Deshalb trägt er den Namen Rüge, Name vom Großvater. Er ist eine fragwürdige Person und hat auch solche Freunde. Einmal in der Woche besuchte er mit seinem besten Kumpel David Zimmermann, mit dem er zusammen bei Militär 2 Jahre war, den Puff von »Fasan«.

David Zimmermann arbeitet bei demselben Restaurant als Koch. Beide rauchen im Puff Haschisch.

Ich vermute, dass Joseph Bernstein von Ernst Rüge vergiftet worden war. Und schließe nicht aus, dass David Zimmermann Mittäter ist.«

Nach dem Durchlesen des Berichtes von Elmar Karaffe forderte Alexander zur Besprechung auf sein Dienstzimmer Marcus Wagner, Elmar Karaffe und Thomas Ring auf.

»Ich möchte mit euch über den Bericht von Elmar Karaffe sprechen. Elmar glaubt, dass Joseph Bernstein von Ernst Rüge, dem Bruder von Torsten Klein, vergiftet wurde. Unter anderem meinte er, dass als Mittäter sein bester Kumpel David Zimmermann sein kann. Deshalb müssen wir daraus für uns Aufgaben stellen und sie abarbeiten,« sagte Alexander.

»Niemand von uns weiß, wo sich Lanz Weber befindet. Sogar seine Mitarbeiter, seine Ehefrau Stefanie Weber und die Geliebte von ihm Margarita Klinge sowie sein Bruder Tony Weber wissen von seinem Aufenthaltsort gar nichts. Von daher sollten wir die Suche nach ihm aktivieren und gleichzeitig Ernst Rüge abarbeiten,« schlug zusätzlich Marcus vor.

»Dass sie alle nichts von seinem Aufenthaltsort wissen, ist kaum zu glauben. Aber wir müssen uns einstweilen damit zufriedengeben. Und wenn er auftaucht, können wir ihn weiterhin abarbeiten. Konzentrieren wir uns nun auf die Abarbeitung von Ernst Rüge,« gab Karaffe den Rat von der Version über Ernst Rüge nicht abzulenken.

Zusammen trafen sie Entscheidung die Version im Detail abzuarbeiten. Außerdem wurde Ernst Rüge im Auftrag von Alexander von der Beobachtungsabteilung unter die Aufsicht von 24-Stunden genommen.

»Marcus, stelle die Person fest, die im Puff zum Rauchen Haschisch verbreitet. Möglicherweise können wir über ihn bei der Ermittlung der Vergiftung von Joseph Bernstein weiter kommen. Wer weiß, verbreitet er vielleicht auch welche Vergiftungsmittel?«, beauftragte ihn Alexander.

VII

Ein Monat später fanden die Mitarbeiter der Müllabfuhr auf dem Müllhaufen außerhalb der Stadt Almaty eine Leiche mit durchgeschossenem Kopf. Den Ermittlern gelang es festzustellen, dass die Leiche Lanz Weber gehört.

Nachdem die Leiche von Lanz Weber gefunden wurde, kämpfte sein Bruder Tony um den Mörder seines Bruders vor Gericht zu stellen.

Nur er allein wusste, dass Lanz in Zypern im Auftrag von Roman Albino mit seinem Beauftragten ein Hotel gekauft haben. Und wie er vermutete, wurde er danach vom Killer, den Roman Albino beauftragt hat, erschossen.

Das war nur sein Verdacht, von dem er sogar Stefanie am Anfang nicht erzählte. Er wusste welche Leute hinter der Ermordung von Lanz stehen. Er konnte dagegen nichts machen und wollte der Familie von Lanz nicht viel schaden.

Tony erzählte einen Monat später Stefanie, womit sich Lanz letzte Zeit beschäftigt hat.

»Tony, jetzt, als Lanz tot ist, erzählst du mir, wo er gewesen war, was er gemacht hat und deine Vermutung von seinem Mörder. Wozu das alles?

Warum hast du mir das früher nicht erzählt?«, machte sie zum Vorwurf für seine verspätete Erzählung.

»Weil das die Bitte von Lanz war, niemandem etwas zu erzählen. Ich werde alles unternehmen, damit die Mörder vor Gericht gestellt werden. Und wenn ich verschwinde, musst du wissen, wer dahinter stecken kann. Roman Albino und seine Verbrecher werden mich töten müssen, sonst werden sie mich nicht anhalten können,« antwortete Tony.

Ein Monat später erfuhr Stefanie, dass Tony durch einen Autounfall umgekommen war. Die Experten stellten fest, dass die Bremsröhrchen mit der Bremsflüssigkeit von unten beschnitten waren. Beim Druck auf das Bremspedal fließ die Flüssigkeit heraus und die Bremsen hielten nicht. Deswegen passierte dieser Unfall, indem Tony ums Leben gekommen war.

Es vergingen viele Jahre und die Mörder von Lanz und Tony Weber wurden vor Gericht nicht gestellt, obwohl sich sowohl Stefanie als auch Iris mehrmals an alle zuständige Stellen gewandt haben.

Stefanie und Iris konnten mit ihren Bittschriften, die sie mehrmals an verschiedene zuständige Stellen, einschließlich in die höchste Instanz von Staatsanwaltschaft eingereicht haben, den hochgestellten Roman Albino vor Gericht nicht stellen.

Oft sagte Stefanie zu Iris: »Ich möchte gerne erleben, wie dieser Verbrecher von seinen Kumpeln aus Habgier umgebracht wird. Unter solchen Leuten baut sich ihre Freundschaft auf dem Geld auf.«

»Da hast du Recht. Ihre Habgier hat doch keine Grenze. Mit der Zeit werden sie sich einander selber wegen Geld umbringen,« antwortete Iris.

Hauptbuchhalterin Daniela König, Kaufmann Tadeus Essig, Kassiererin der Commerzbank Maria Prahm und Unternehmer Arnold Mais haben durch die Beschaffung der Buntmetalle und ihr Verkauf an die Unternehmen von China Pech gehabt.
Von der Ursache erfuhren sie von den Ermittlern.
Private Verluste erlitten die Teilnehmer nicht, weil sie in die Geschäfte die Bestechungsgelder von vielen privaten Unternehmer investiert haben.

VIII

Währenddessen ermittelte und berichtete Marcus, dass das Haschisch im Puff zum Rauchen von Curt Baumann verkauft wird. Curt wohnt mit Mutter, deren eigenes Haus sich am Rande der Stadt Siebenzelt befindet. Mutter bezieht Rente und er ist seit 3 Jahren ohne Arbeit.

Sie haben großen Garten, in dem sie Kartoffel, Kohl, Möhren, Rüben, Zwiebel, Knoblauch und andere Gemüse sowie Obst, wie Äpfel, Erdbeere, Johannisbeere, Stachelbeere züchten und auf dem Basar der Stadt verkaufen.
Außerdem haben sie Gewächshaus, in dem sie Tomaten, Cannabis und sogar Stechapfel für Veräußerung züchten.

Und zum Schluss sagte Marcus: »Ich glaube, Curt Baumann konnte auf die Bitte von Ernst Rüge für ihn den giftenthaltenden Absud kochen und an ihn verkaufen. Vielleicht sagte Rüge während der Bestellung, dass das Gift gegen irgendwelche Tiere benutzt werden sollte.

Von Gerichtsmediziner und Pathologe ist uns doch bekannt, dass Joseph Bernstein an Nikotinvergiftung verstarb. Die Vergiftung entstand durch die Vermischung des stark dosierten Absud aus der nikotinhaltigen Pflanzen Stechapfel, Haschisch, Alkohol und Kirschsaft. Jedenfalls beinhaltet laut der Gerichtsmediziner das Enthaltene aus dem Magen von Joseph Bernstein Substanzen von diesen Stoffen.«

»Marcus, ich glaube, wir sollen Curt Baumann beim Verkauf von Haschisch festnehmen. Dabei sollen wir auch die Kunden, die das Haschisch konsumieren, festnehmen.

Den Rest vom Haschisch beschlagnahmen und für die Expertise an Experte übergeben. Alle Teilnehmer sollten von uns verhört werden. Dann würden wir Grund zur Untersuchung des Arbeitsplatzes und der Wohnung von Curt Baumann haben.
Auf solche Weise würden wir ihn in Verlegenheit bringen und er würde uns Aussage gegen Ernst Rüge machen, wenn der letzte bei ihm Gift erworben hat.
Marcus, dir ist alles über Curt Baumann bekannt. Du hast im Puff »Fasan« eine gute Agentin »Brock«. Deshalb ist deine Aufgabe den Augenblick des Haschischkonsums von seinen Kunden festzustellen und an mir mitteilen.

Sobald ich die Mitteilung bekomme, werden wir uns ab sofort einsetzen, um Curt Baumann und seine Kunden an der Stelle zu erwischen und festzunehmen.

Es wäre besser, wenn bei der Realisierung unseres Planes Ernst Rüge und sein Kumpel David Zimmermann am Konsumrausch dabei sein würden,« stellte Alexander die Aufgaben.

Alexander fuhr fort: »Elmar und Thomas, wenn ich von Marcus eine Mitteilung darüber bekomme, müssen wir alle ohne Verzug zum Einsatz bereit sein.«

»Alles klar Chef,« antworteten sie und verließen sein Dienstzimmer.

Am Freitag nachmittags rief »Brock« Marcus an und sagte: »Marcus, gestern besuchten unser Klub zwei Raucher und sie bestellten für heute Abend für mehrere Personen indische Ware.«
Unter »indische Ware« war Cannabis und Haschisch gemeint.

Zum Einsatz nahm Alexander außer Marcus Wagner, Elmar Karaffe und Thomas Ring noch zwei Kriminalisten Otto Meer und Boris Silber sowie vier Polizisten mit. Die letzten sollten von außen die Türe und Fenster blockieren.
Die Aufgabe für die Beteiligten wurde ihnen unmittelbar vor ihrem Einsatz gestellt, damit niemand von ihnen über die Unternehmung an die Unbefugten ausplaudern konnte.

Alle gemeinsam verließen sie das Dienstzimmer von Alexander und fuhren mit aller Ausrüstung und bewaffnet zum Puff, der an der Quergasse 40 am Rande der Stadt lag.

Die Gründer des Etablissement wählten mit der Absicht den Ort für das Bordellgebäude, weil dort sich eigentlich das Gewerbegebiet befand. Und im Umkreis lagen viele enge Quergassen, in denen man sich von Verfolgern schnell verlieren könnte.

Die Gruppe kam zum Puff mit zwei Autos je fünf Männer von zwei nicht durchschaubaren Quergassen, die von verschieden Seiten des Gebäudes lagen.

In einem Auto saßen Alexander, Thomas Ring, Otto Meer und zwei Polizisten und mit anderem Auto kamen Marcus Wagner, Elmar Karaffe, Boris Silber und zwei Polizisten.

Die Polizisten blieben an Ein- und Ausgangstüren und nahmen unter die Kontrolle alle Menschen, die hinein- und herausgingen.

In die Eingangstür traten Alexander, Thomas Ring und Otto Meer ein und durch die Ausgangstür von der anderen Seite gingen Marcus Wagner, Elmar Karaffe und Boris Silber in den Puff hinein.

IX

Nun stand vor ihnen das Ziel Curt Baumann beim Verkauf von Marihuana und Haschisch zusammen mit seinen Kunden festzunehmen.

Alexander und andere Beteiligte waren noch niemals im Klub »Fasan«. Sie stellten sich vor, dass in der Räumlichkeit, die Puff genannt wird, nur um Geschlechtsverkehr geht, wo die Frauen ihren Körper gegen Entgelt zur Verfügung stellen, indem es sogar zum Oral- und Analverkehr kommt.
Dass im Klub solch eine gute Saune und ein gutes Schwimmbad sind, wussten die Ermittler nicht.

Als sie innen waren, suchten sie zunächst nach Curt Baumann und denjenigen, die Marihuana und Haschisch konsumierten. Deshalb suchten sie zuerst nach dem Zimmer von Curt Baumann und dem Zimmer, in dem geraucht werden sollte.
Das Zimmer von Curt Baumann befand sich auf dem Erdgeschoss. Curt Baumann befand sich im Zimmer, das für ihn persönlich zugeteilt wurde, da er durch Absatz von Marihuana und Haschisch gewinnbringende Geschäfte gemacht hat. Und davon zahlte er 50% an die Besitzer des Klubs.

Nebenan lag das Raucherzimmer, in dem in dieser Zeit sieben Männer saßen und rauchten: Fünf rauchten Wasserpfeifen und zwei Mundstücke. Am anderen Ende gab es eine Teestube, wo Männer und Frauen Tee oder Kaffee tranken und aßen selbstgebackene von Curt Baumann und seiner Mutter Kuchen, Kekse und andere Gebäcke.

Obschon es keine Alkoholgetränke im Klub gewesen waren, waren alle 12 Konsumenten in der Teestube im Rausch. Alexander und andere Beteiligten war es klar, dass die Männer in der Teestube das »Gras« beim Essen der Kuchen, Kekse und Gebäcke konsumieren.

Deshalb rief Alexander bei der Verwaltung des Innenministeriums an und bat um Verstärkung. Nach halbe Stunde kamen noch 10 Polizisten zum Einsatz.
Bei der Durchsuchung der Zimmer fanden und beschlagnahmten die Inspektoren 600 g Marihuana und 450 g Haschisch.
Außerdem beschlagnahmten die Inspektoren 4. Stückchen vom Kuchen, 0,6 kg Keks und 1,1 kg von anderen Gebäcken.

Die Zimmern wurden abgeschlossen und Curt Baumann sowie 20 Männer, die im Rausch waren, wurden vorläufig bis zur Ernüchterung aufs örtliche Polizeirevier gebracht. Unter ihnen war auch Ernst Rüge und der stellvertretende Administrator von Gebiet Siebenzelt Horst Gottfried.
Die Kriminalisten führten Expertise des beschlagnahmten Gras und Backwaren durch und stellten fest, dass sowohl das Gras als auch der Stoff und die Backwaren Drogen beinhalten.

Curt Baumann sowie seine Kunden wurden verhört und niemand von ihnen konnte das wahre Ziel dieser Operation kapieren. Bei solchem Vorgehen fiel keinem von den Aufgehaltenen in Kopf ein, dass in der Tat dadurch Alexander zur Abarbeitung einer Version über Vergiftung von Joseph Bernstein begonnen hat.

Zunächst weigerte sich Curt Baumann ein Geständnis zur Produktion und Absatz von Marihuana und Haschisch abzulegen. Aber nach der Einsichtnahme zur Protokole der Vernehmungen der Konsumenten und der Beschlüsse der Experten legte er volles Geständnis ab.

»Als ich ohne Arbeit geblieben bin, musste ich etwas unternehmen, um mein Geld für das Leben zu verdienen. Zuhause haben wir großen Garten. Ich und meine Mutter züchten Obst und Gemüse und verkaufen die Fruchten auf dem Basar in Siebenzelt. So verdienen wir Geld für unseren Lebensunterhalt.

Vor drei Jahren war ich auf dem Basar in Almaty und kaufte dort für mich Bekleidung. Zufällig erfuhr ich, dass eine Frau Saatgut von Cannabis verkauft hat. Meine Mutter litt viele Jahre an Arthrose und hat starke Schmerzen an Gelenken. Ich kaufte davon Saatgut und pflanzte im Garten ein. Seither züchte ich außer Obst und Gemüse Hanf bzw. Cannabis. Davon machte ich Schmerzmittel für meine Mutter.

Einmal verkaufte ich die Schmerzmittel einigen bekannten Leuten. Danach wandten sich mehr und mehr Menschen an mich mit der Bitte ihnen Schmerzmittel zu verkaufen. Ich habe viel darüber gelesen und lernte, dass das Mittel der Gesundheit der Menschen nicht schadet, sondern umgekehrt hilft.

Die Nachfrage nach den Mitteln war hoch und so arbeitete ich mich schnell ein, um dadurch Gewinne zu erzielen. Vor zwei Jahren mietete ich drei Zimmer im Klub und verkaufte dort an die Besucher Marihuana und Haschisch.

50% von Erlösen zahlte ich an Besitzer des Klubs als Miete. Heutzutage ist es so, wenn man Unternehmen treibt und mit jemandem Geschäfte eingeht, dann muss man 50% von Erlösen abgeben,« sagte Baumann aus.

Horst Gottfried, der stellvertretender Administrator von Gebiet Siebenzelt sagte bei der Vernehmung: »Vor eineinhalb Jahren wurde meine Frau Elena ermordet, weil ich gegen Korruption gekämpft habe. Nervosität, innere Unruhe, Schlaflosigkeit verursachten mir Nervenschmerzen und ich wurde dadurch zum Konsum von Haschisch erzwungen.

Ich kaufte mir Fladen und andere Gebäcke mit Hasch bei Curt Baumann. Der Stoff beruhigte mein Nervensystem und ich fühle mich gut. Seither besuchte ich oft am Wochenende den Klub. Und ich finde die Unternehmung von Curt Baumann als nutzbringende für die Leute. Es ist doch gut, wenn die Menschen Marihuana und Haschisch legal im Klub konsumieren können, anstatt das Zeug auf der Straße, im Park, irgendwo im Keller kaufen und rauchen.«

Der Anwesende während der Vernehmung Thomas Ring fragte: »Herr Gottfried, können Sie sich vorstellen, was für einen Schaden durch den Vertrieb von Marihuana und Haschisch den Menschen zugefügt wird?«

»Der Vertrieb von Haschisch sollte durch die Gesetze des Staates geregelt werden.

Die Gesetze sollten vorschreiben: An welchem Ort bzw. Stelle; an welche Personen und in welcher Zeit der Stoff verkauft werden darf. Und wenn man vom Schaden redet, dann sollte man wissen, dass Korruption, Bestechung unter Amtspersonen bei: Staatsanwaltschaft, Polizei, Volksgerichten, Zollamt, Revisoren, Experten usw., einschließlich Minister und ihren Stellvertretenden viel mehr Schaden der Entwicklung der Volkswirtschaft und überhaupt der ganzen Gesellschaft verursachen,« antwortete ernsthaft Gottfried.

»Herr Gottfried, Sie haben Recht. Heutzutage treten sogar die Staatsdiener von Staatsanwaltschaft, Innenministerium, Volksgerichten, Zollbehörden und anderen öffentlichen Dienststellen ihren Amt gegen Geld an.

Sollten sie zwar über gute professionelle Kenntnisse, Fähigkeiten, Qualifikationen, Erfahrungen verfügen, aber das bestimmte Bestechungsgeld für das Dienstamt an die korrupte Kriminelle der Personalabteilung, die den größten Teil der Bestechungssumme an die vollziehenden Befehlspersonen der Verwaltung weitergeben sollten, nicht bezahlen, dann werden sie zum Amt nicht ernannt,« ergänzte seine Rede Thomas Ring.

»Siehst du! Habe ich doch Recht. Wer sollte sich dann in diesem Land an die Gesetze halten? Nur die rechtlose Bürger?«, herzerfrischend sagte Gottfried.

Zusammen mit seinen Untergeordneten denkt im Moment Alexander nach, wie sie über die Vernehmungen von Curt Baumann zur Ermittlung der Vergiftung von Joseph Bernstein kommen können.

»Alexander, ich schlage vor, heute noch bei Curt Baumann Hausdurchsuchung durchzuführen. Er züchtet Cannabis Zuhause im Garten und danach fertigt er Haschisch und Backwaren an, die er an die Leute verkauft. Wahrscheinlich kocht er auch Giftstoffe?«, ergriff die Initiative Marcus.

»Ich bin derselben Meinung. Wir müssen die Durchsuchung machen und dabei werden wir vielleicht auf Pflanzen oder andere Stoffe stoßen, die in sich Gift haben. Wir müssen nach Giftstoffen suchen.

Es wird nicht umsonst gesagt: »Unter einen liegenden Stein fließt kein Wasser«. Unser Ziel war und bleibt dadurch die Vergiftung von Joseph Bernstein aufzuklären.

Ich hole die Genehmigung vom Staatsanwalt und wir werden die Durchsuchung ab sofort vornehmen,« bekräftigend antwortete Alexander.

Und Alexander fuhr fort: »Zur Durchsuchung des Hauses, aller Räume der Hauswirtschaft, wie Badestube, Stall, Holzschuppen, Garten usw. setze ich Marcus Wagner, Elmar Karaffe, Thomas Ring und Kriminalist Otto Meer ein.

Außerdem werden zwei Begleitpolizisten eingesetzt, die Curt Baumann bewachen sollten. Wir müssen zur Stunde an die Arbeit angehen.«

X

Als Alexander mit der Genehmigung vom Staatsanwalt zurück gekommen war, überlegte er sich anders, er verhörte zusätzlich Curt Baumann und gab ihm zur Einsichtnahme den Beschluss zur Durchsuchung mit der Genehmigung vom Staatsanwalt.

Danach verhaftete er Curt Baumann vorläufig und er wurde in die Zelle des Untersuchungsgefängnisses abgeführt. In der Zelle lernte er den Inhaftierten Edwin Taler kennen, der unter den Inhaftierten mit Spitzname »Eddi« bekannt gewesen war. »Eddi« war Agent von Alexander und wurde wegen einer angeblichen Legende für Diebstahl verhaftet.

Alexander handelte wie immer. Er verschob die Durchsuchung und gab »Eddi« Zeit, um Curt Baumann kennenzulernen und ihn ins Vertrauen zu ziehen.

Am nächsten Tag erzählte »Eddi«: »Baumann ist ein ehrlicher Mensch. Als er ohne Arbeit geblieben worden war, verließ ihn seine Freundin. Sie heiratete einen Beamten aus Russland und zog mit ihm nach Tomsk. Seither wohnt er mit seiner Mutter. Mutter ist an Arthrose krank und hat oft starke Schmerzen an Gelenken. Deshalb fing er an, für Mutter Cannabis zu züchten. Aus Cannabis fertigte er Schmerzmittel für seine Mutter an. Mit der Zeit fing er an, illegal Marihuana und Haschisch an die Leute als Schmerzmittel zu verkaufen.

Seit zwei Jahren verkaufte er Marihuana und Haschisch im Klub »Fasan« an die Besucher. Und ob er Geld hat, sagte er gar nichts. Er sagte nur, dass er Geld verdienen wollte, um in Zukunft ein Unternehmen zu gründen.

Er lobte die Besitzer vom Klub, zwei Brüder Tristan und Oliver Hobel. Die beiden sind bescheidene, intelligente, galante Unternehmer.

Die Brüder sind mit seiner Arbeit zufrieden, weil dadurch sie mehr und mehr Kunden und vor allem von unterschiedlichen Alter, Geschlecht und Beschäftigung, anziehen können.

50% von Erlösen zahlte er an Besitzer des Klubs als Miete. Heutzutage ist es so, wenn man Unternehmen treibt und mit jemandem Geschäfte eingeht, dann muss man 50% von Erlösen abgeben.

Er fürchtet sich vor der Durchsuchung, weil er Vorrat von Marihuana und Haschisch im Keller hat. Außerdem bewahrt er im Gartenkeller für Kartoffel und andere Gemüse mehrere Flaschen mit Absud und Brühe aus verschiedenen Pflanzen. Starker Absud aus Stechapfel zusammen mit Haschisch ist Gift und kann für Vergiftung von Mäuse und anderen Tieren verwendet werden.

Nun machte er sich große Sorge um seine Mutter. Weil bei der Durchsuchung das Geld beschlagnahmt wird. Er wird zur Freiheitsstrafe verurteilt und Mutter wird alleine ohne Geld bleiben.«

Nach dem Empfang von »Eddi« forderte Alexander zu sich aufs Dienstzimmer seinen engen Vertrauten Inspektor Thomas Ring auf. Mit ihm klärte Alexander viele Korruptionen, Bestechungen und andere Verbrechen auf.

Die beiden verstanden sich sehr gut. Und für sie war schon lange ohne Zweifel, dass man in dieser Gesellschaft, in der wahrscheinlich 80% der Beamten und Angestellten, einschließlich Minister und andere hoch gestellte Beamte um sie her, korrupte, bestechliche Menschen sind, nach den geltenden Gesetzen des Staates ehrlich nicht leben kann. Jeder Mensch musste sich auf solches Leben einstellen, um zu überleben.

»Thomas, zur Durchsuchung des Hauses und der Gebäuden von Curt Baumann fahren: Ich, du, Marcus Wagner und Kriminalist Otto Meer. Zwei Begleitpolizisten werden Curt Baumann bewachen.

Während ich, Marcus Wagner und Otto Meer vor Zeugen draußen auf dem Hof bei Curt Baumann Badestube, Stall, Holzschuppen, Garten, Gartenkeller durchsuchen werden, solltest du allein vor Zeugen und Elsa Baumann, Mutter von Curt Baumann, innen im Hause in Zimmern die Durchsuchung durchführen.

Wenn du Geld oder andere wertvolle Sachen findest, lasse sie liegen bzw. stehen, nehme sie nicht zu Protokoll. Die Sachen sollten Curt Baumann und seiner Mutter bleiben, aber dies sollte zu Ohren und zu Augen der Zeugen nicht gelangen, damit davon niemand anderer erfährt. Curt

Baumann sollte damit zur Kooperation bei der Aufklärung der Vergiftung von Joseph Bernstein mitgerissen werden.

Konzentriere dich bitte mehr auf die Suche nach Flaschen mit Absud aus verschiedenen Pflanzen, nach Marihuana und Haschisch,« stellte Alexander ihm Aufgaben.

Bei der Durchsuchung fanden und beschlagnahmten die Ermittler im Gartenkeller mehrere Flaschen mit unterschiedlichen Absud und Aufguss. Im Gewächshaus stießen sie auf Gewächse von Cannabis und Stechapfel. Davon entnahmen sie Teilstücke für Expertise.

Verabredetermaßen ließ Thomas Ring das gefundene bei der Durchsuchung Geld im Versteck des Kellers unter dem Holzboden der Küche. Er zählte das Geld nicht, machte so, als ob er das Geld überhaupt nicht gesehen hat. Und zeigte es auch nicht den Zeugen, die während der Durchsuchung in der Küche gewesen waren.

Bei der Durchführung der Expertise konstatierten die Experten die Identität der Bestandteile vom Absud, der sich in zwei beschlagnahmten bei der Durchsuchung Flaschen befand, und den Bestandteilen vom Befund, die die Ärzte bei Joseph Bernstein aus dem Magen entnommen haben.

XI

Nachdem die Durchsuchung des Hauses und der Hauswirtschaft von Curt Baumann durchgeführt wurde und die Experten ihre Schlüsse gezogen haben, verhörte Alexander zusätzlich Curt Baumann.

»Herr Baumann, wovon ich jetzt mit Ihnen reden werde, werde ich zu Protokoll nicht nehmen. Bei der Durchsuchung Ihres Hauses in der Küche unter dem Holzboden fand Thomas Ring in einem Versteck Geld.

Das Geld wurde von ihm auf meine Bitte absichtlich zu Protokoll nicht genommen, weil ich vorhabe, Ihnen eine Zusammenarbeit bei der Ermittlung der Vergiftung von Joseph Bernstein anzubieten,« sagte Alexander.

»Das wird mir kaum gelingen, weil ich mit der Vergiftung von Joseph Bernstein nichts zu tun habe. Aber ich werde mein Möglichstes tun, um Ihnen bei der Ermittlung der Vergiftung voranzukommen. Und wenn Sie glauben, dass ich dafür über die notwendigen Kenntnisse und Fähigkeiten verfüge, bin ich bereit, mit Ihnen zu kooperieren,« erfreut bewahrheitete sich Baumann.

»Herr Baumann, Sie werden jetzt offiziell verhört und Ihre Aussagen werden zu Protokoll genommen,« erklärte ihm Alexander.

Alexander verhörte Baumann und stellte immer wieder Fragen, um seine Aussage zu präzisieren, und darunter auch die Frage, ob er Giftstoff an Ernst Rüge verkauft hat.

»Herr Baumann, haben Sie auch Absud, angefertigt, der Giftstoff enthalten könnte? Wenn ja, dann aus welchen Pflanzen und an welche Leute und wofür haben Sie sie verkauft?«

»Wie ich schon gesagt habe, züchtete ich in meinem Garten Cannabis und auch Stechapfel. Aus Cannabis machte ich Marihuana und Haschisch. Und aus Früchten des Stechapfels kochte ich Absud. Durch die Vermischung vom Stechapfel-Absud mit Haschisch machte ich Gift gegen Ratte, Mäuse und gegen Insekte.

Das Gift nutzten wir Zuhause für eigene Zwecke. Manchmal verkaufte ich auf die Bitte von Bekannten, die an der Küste vom Fluss wohnen, solchen Absud für Vergiftung der Ratte. Für eine Flasche 0,5 L zahlten die Leute bis 50 US Dollar,« sagte Baumann aus.

»Haben Sie an Ernst Rüge solch eine chemische Lösung aus Stechapfel-Absud und Haschisch verkauft? Wenn ja, dann in welcher Dose oder Flasche? Und können sie die Dose oder Flasche erkennen, wenn Ihnen die Gegenstände zur Erkennung vorgelegt werden?«, stellte Alexander wieder und wieder Fragen.

»Ich lernte Ernst Rüge als Kunde kennen. Er besuchte von Zeit zu Zeit den Klub »Fasan« und rauchte Wasserpfeife mit Haschisch. Einmal erzählte er, er wohne am Fluss und dort sind sehr viele Ratte, die in den Garten, in den Hühnerstall kommen und Hühner auffressen.

Und dabei fragte er mich, ob ich ihm vielleicht irgendwelchen Giftstoff verkaufen kann.

Ich empfahl ihm den Absud aus Stechapfel vermischt mit Haschisch zu verwenden: Stückchen von Fleisch in solcher Lösung marinieren und auf den Boden legen, sodass das Fleisch von keinen Haustieren aufgefressen beziehungsweise in die Nahrungsmittel der Menschen nicht kommen würde.

Über eine Woche beim Besuch des Klubs verkaufte ich ihm eine volle Glasflasche von Vodka Royal, 0,7 L mit solcher Lösung gegen einen Preis von 50 US Dollar.

Darüber haben wir bei den nächsten Besuchen nicht mehr geredet. Ich habe keine Ahnung gehabt, wofür er die Lösung in der Tat gekauft hat.«

Am nächsten Tag bei der Vorlage zur Erkennung der beschlagnahmten aus dem Behälter des Restaurant der fünf Glasflaschen und drei Plastikflaschen erkannte Herr Baumann die Flasche mit dem Etikett von Vodka Royal, 0,7 L. Auf dem Etikett standen zwei mit der Hand geschriebene Buchstaben »A. E.«

»Die Flasche erkenne ich an den zwei Buchstaben »A.E.« Die Buchstaben sind von mir geschrieben und bedeuten: »Absud und Extra«, nämlich extra auf die Bitte von Ernst Rüge angefertigt,« antwortete ungerne Baumann.

Sowohl Unternehmer vom Klub »Fasan« und als auch ihre verhörte Besucher, einschließlich Ernst Rüge vermuteten gar nicht, dass der ganze Schlamassel gegen den Klub und gegen Curt Baumann wegen der Ermittlung der Vergiftung von Joseph Bernstein von Alexander organisiert und durchgeführt worden war.

Nach dem letzten Verhör von Curt Baumann, bei dem er die wahrhaftige Aussage über den Verkauf von Absud an Ernst Rüge machte, verstanden die Ermittler, dass sie nun in der Tat ein Erfolg bei der Aufdeckung der Vergiftung von Joseph Bernstein erreicht haben.

XII

»Alexander, heute ist Samstag und wir haben endlich die Möglichkeit mit unseren Frauen abends eine Party zu geben. Diesmal treffen wir uns bei mir Zuhause. Wenn ihr nichts dagegen habt, dann rufe ich jetzt Carola an und sage ihr, dass wir uns um 20 Uhr bei uns Zuhause treffen werden,« sagte Marcus.

»Liebe Kollegen, ich bedanke mich bei euch für eure gute Leistungen und bin mit euch einverstanden, heute abends feiern wir mit Familien. Aber am Montag fährst du Marcus gemeinsam mit Elmar beim Morgengrauen nach Hause zu Ernst Rüge und jagt ihn gegen 6 Uhr aus dem Schlaf, sodass er von Panik erfasst sein wird.
Und fangt an, ihn über den Kauf von Absud von Curt Baumann und den Umständen nach zu verhören.

Um 9 Uhr hole ich beim Staatsanwalt einen Beschluss zur Durchsuchung seiner Wohnung und komme bei Ernst Rüge Zuhause vorbei. Wir werden eine Haussuchung von Ernst Rüge vornehmen. Ich finde die Durchsuchung der Wohnung für wichtig, um seine Schuld am Mord von Joseph Bernstein zu beweisen,« stellte Alexander ihnen wieder Aufgaben.

Die Kriminalpolizisten, Untersuchungsrichter, sowie Kriminalisten haben stets viel Arbeit und fanden kaum Zeit für ihre Familien.

Deshalb veranstaltete Alexander schon eine Zeit lang einmal im Vierteljahr ein Familientreffen, damit Kollege zusammen mit ihren Frauen sich Luft machen können.

Zusammen mit Marcus und Carola Wagner, Thomas und Annika Ring, Elmar und Cornelia Karaffe, Andre und Grit Steingold, Otto und Lina Meer machten sich Alexander und Lydia lustig über die wirklich schwere Arbeit der Anwesenden, die alltäglich ihr Leben und ihre eigene Interesse aufs Spiel setzen, um die Rechte, Leben, Gesundheit und Vermögen der anderen Menschen zu schützen.

Sie aßen, tranken und belustigten sich über ihre durchschlüpfende bei den Ermittlungen Fehler. Sie tanzten zu Popmusik-Duo »Modern Talking« Thomas Anders und Dieter Bohlen, zu Musik von Boney M. und Albano & Romina Power »Felicita«.

Auf einige Zeit vergaßen ihre in diesem Augenblick glücklichen Frauen von ihrem eintönigen Leben, das sich vom Leben der Frauen, die mit Männern von anderen Berufen verheiratet waren und mehr Zeit für ihre Frauen und Kinder haben, unterschieden hat.

»Wir, Frauen von Polizisten sind anders. Ob man will oder nicht müssen wir allein die meisten Sorgen um unsere Familien tragen, nämlich sich selbst für sich und für die Kinder zu kümmern,« sagte Lydia.

Sie freuten sich über das Fest, das auf Wunsch von Kollegen und ihren Frauen vierteljährlich von Alexander organisiert wurde. Die Frauen amüsierten sich über ihre eigene Schwierigkeiten und ihre Probleme, die sie selbst ohne die Einmischung ihrer Männer lösen mussten.

Das gemeinsame Feiern, wenn auch sehr seltenes, ließ den Frauen eine Aufmerksamkeit zukommen, von der sie außer sich vor Freude waren.

Und sie wünschten sich ein endloses Fest zu sei, weil sie nicht wussten, wann sie wieder Zeit dafür haben werden.

XIII

Ernst Rüge vermutete überhaupt nicht, dass die Staatsdiener während ihrer Ermittlungen hinsichtlich Curt Baumann in der Tat das Ziel die Aufdeckung des Mordes von Joseph Bernstein vorhaben.

Er ahnte gar nicht, dass er ab dem nächsten Tag eine Zeit lang wegen der Ermordung von Joseph Bernstein im Untersuchungshaft verbringen wird.

Und dann wird er dafür vor Gericht gestellt und zu vielen Jahren Freiheitsstrafe verurteilt.

Abends fragte ihn seine Freundin Liliana Sprosse: »Wofür wurdest du auf das Polizeirevier gebracht?«

»Hä?«

»Ich habe gehört, dass du von Bullen auf das Polizeirevier gebracht worden warst,« wiederholte sie ihre Frage.

»Wer hat dir so etwas erzählt?«

»Gestern abends bin ich zu dir nach Hause gekommen und du warst nicht Zuhause. Ich habe auf dich bis in die Nacht gewartet. Als du nicht gekommen warst, rief ich aus Sorge nachts bei der Polizei an.

Und der Diensttuende antwortete mir, dass du als Aufgehaltener bis zur Aufklärung irgendwelcher Sachlage auf dem Revier bleiben wirst. Heute gegen 11 Uhr rief ich wieder an. Der Diensttuende antwortete, dass du freigelassen bist. Deshalb interessiert es mich, wofür du zum Polizeirevier gebracht worden warst,« fraglich erzählte Liliana.

Ernst redete mit Liliana und gleichzeitig überlegte er sich, welche Antwort er ihr geben soll, damit sie mehr der Wahrheit entsprechen würde und sagte: »Ich wusch mich in der Sauna von Klub »Fasan«. Da ist doch eine schöne Sauna und ich gehe oft dahin zum Bad.

Gestern durchsuchten die Bullen den Klub, indem sie, wie ich es verstanden habe, nach Kriminellen gesucht haben. Manche drogensüchtige Besucher rauchten im Klub Cannabis und deshalb wurden alle Besucher auf das Polizeirevier gebracht. Aber ich habe damit nichts zu tun und darum wurde ich freigelassen.«

Sanft schob Ernst seine Hände unter die Achselhöhle von Liliana und umarmte sie an Schulterblättern. Er schmiegte sich an ihre Brust an und küsste sie ergötzlich auf ihre Lippen.
Knöpfte ihre Bluse und den Büstenhalter auf und ließ sie auf den Boden fallen, küsste sie auf ihre Busen und aus heftigem Verlangen nach Liebe

saugte er sich an ihre Brustwarzen so an, dass sie das prickelnde Gefühl und Wärme im Unterleib spürte.

Zittrig und ungeduldig knöpfte sie seine Hose auf und zog sie und seinen Slip herunter, währenddessen er sie weiterhin auf den Bauch küsste.

Liliana stürzte sich mit gespreizten und hochhebenden Beinen mit dem Rücken auf das Bett und zog auf sich Ernst mit. Mit Zärtlichkeit schmiegten sich die Beiden mit ihren nackten Körpern aneinander. Sein hartes Glied schlich sich zwischen den feuchten und warmen Lippen in ihren Unterleib ein. Unaufhörlich bewegten die zwei auf und ab ihre Becken und schmiegten sich mit voller Kraft an ihre Genitalienbereiche.

Aus Vergnügen drückte Liliana ihre Augen zu und er wandte von ihr kein Auge und flüsterte ihr ins Ohr: »Du bist süß. Von deinem brennenden und zuckenden wie Feuer und Blitz Leib kann man durchdrehen. Ich fühle, als ob du mich mit deinem Leib aufessen willst. Ich liebe dich!«

Von Liliana Begierde zuckten sich manchmal die Muskeln ihres Unterleibes zusammen und diese Bewegungen stimulierten den Blutzufluss ins Glied und folglich seine Erektion. Augenblicklich ließ das Paar ihre Liebe zueinander zu spüren.

Nach dem Orgasmus lagen sie auf dem Bett und redeten eine Weile miteinander. Alles lief so, als ob sich noch keine Gefahr zu Ernst näherte. Zuerst schlief er und danach sie ein.

XIV

Um 6, 30 Uhr wurden Ernst und Liliana vom Klingeln an die Tür erweckt. Marcus und Elmar stellten sich vor, entschuldigten sich für die frühe Störung und gaben ihrem Morgengrauen Einfall eine Erklärung. »Darf ich mich zuerst ankleiden und waschen?«, fragte Rüge.

»Natürlich,« antwortete Marcus.

Während Ernst Rüge in das Badezimmer gegangen ist, eilte Marcus ihm nach, um beim Waschen dabei zu sein und irgendwelches Leid bzw. Unglück von Ernst Rüge zu vermeiden.

Nachdem Ernst Rüge Toilette gemacht hat, frühstückte er mit Liliana, die sich zum Bus beeilte. Beim Frühstücken fragte Liliana: »Schatz, was wollen die Leute von dir?«

»Weiß ich nicht,« antwortete Ernst, obwohl er vermutet hat, dass die Inspektoren der Kriminalpolizei bestimmt nicht wegen Konsum von Haschisch gekommen sind; dass sie wahrscheinlich wegen der Vergiftung von Joseph Bernstein da sind. Von seiner Vermutung ließ Ernst sich nichts merken.

Sehr besorgt nahm kurz nach 7 Uhr Liliana Abschied von Ernst und ging zur Bushaltestelle, weil sie vor der Arbeit noch nach Hause fahren musste. Jetzt konnten sich Marcus und Elmar auf die Vernehmung von Ernst Rüge konzentrieren.

»Herr Rüge, Sie stehen im Verdacht Joseph Bernstein vergiftet zu haben. Was können Sie dazu sagen?«, stellte die Frage Marcus.

»Warum sollte ich so etwas tun?«
»Herr Rüge, die Frage sollten Sie selber beantworten,« mischte sich Elmar ein.

»Von der Vergiftung Joseph Bernstein höre ich zum ersten Mal. Und womit sollte ich ihn vergiftet habe?«, gedankenvoll fragte Rüge.

Marcus und Elmar haben begriffen, dass Ernst Rüge von ihnen hören wollte, mit welchem Giftstoff Joseph Bernstein vergiftet wurde, um dadurch zu erfahren, ob die Experten den Giftstoff richtig festgestellt haben.

Mit der Ungeduld verrät er seine Beteiligung an der Vergiftung von Joseph Bernstein.

»Herr Rüge, hier vernehmen wir und wie gesagt, Sie müssen auf unsere Fragen antworten, obwohl wir solch eine Frage noch nicht gestellt haben,« sagte Elmar.

Aber bis zum Eintreffen von Alexander legte Ernst Rüge kein Geständnis an Vergiftung von Joseph Bernstein ab.

Und das war ganz normal für einen Verdächtigen an Verübung irgendwelcher Verbrechen, dem die Beweisstücke, über die die Inspektoren verfügten, nicht bekannt gewesen waren.

Marcus und Elmar waren zurzeit auch schon erfahrene Ermittler und sie wussten, dass häufig die Verdächtige kein Geständnis ablegen, obschon die Beweisstücke vorhanden gewesen waren. Wahrscheinlich liegt es an dem psychologischen Zustand jedes Individuums.

Kurz nach 9 Uhr kam Alexander. Er stellte sich vor, lernte Ernst Rüge kennen und informierte sich über die Vernehmung von Ernst Rüge und sagte: »Herr Rüge, wie Ihnen schon bekannt ist, werden Sie an Vergiftung von Joseph Bernstein verdächtigt. Ihnen steht das Recht zu, Ihre Schuld nicht einzugestehen.

Und unsere Pflicht ist, nach den Beweisstücken zu suchen. Deshalb werden wir jetzt ihr Haus durchsuchen. Lesen Sie die Genehmigung von Staatsanwalt zur Durchsuchung Ihres Hauses durch und unterschreiben Sie die Order.«

Während der Durchsuchung mit Beteiligung von zwei Zeugen fanden und beschlagnahmten die Ermittler im Keller eine 0,33 L Flasche mit Flüssigkeit, die von den Ermittlern sogleich versiegelt worden war.

Ein paar Tage später wurden der Inhalt der Flasche mit der Flüssigkeit, die Zuhause bei Curt Baumann beschlagnahmt wurde, von Experten erforscht. Experten stellten die Identität der Stoffe fest.

Alexander traf Entscheidung Curt Baumann aus dem Untersuchungshaft zu entlassen und die Ermittler nahmen von ihm eine schriftliche Verpflichtung den Wohnort ohne die Zustimmung der Untersuchungsrichter nicht zu verlassen.

Ernst Rüge legte das volle Geständnis nicht ab, solange seine Schuld an Vergiftung von Joseph Bernstein nicht bewiesen worden war.

Nach der Einsicht in Beschluss der Experten über die Identität der Flüssigkeiten wurde Ernst Rüge zusätzlich dem Verhör unterzogen. Ein paar Stunden darauf, nach der langen Vernehmung legte Ernst Rüge volles Geständnis an Vergiftung von Joseph Bernstein ab.

»Ich vergiftete ihn aus Rache, weil er die Anzeige wegen Diebstahl der Angorawolle nicht zurückgenommen hat und mein Bruder Torsten Klein befindet sich schon mehrere Monaten in der Untersuchungshaft,« nannte Rüge als Motiv seines Mordes.

Abschluss

Thomas Ring und Nele Magnet

Im Ruhestand gründete Thomas Ring ein privates Unternehmen und schloss Rechtsgeschäfte mit Unternehmen in Novosibirsk ab.

Fünfzehn Jahre später traf er rein zufällig im Supermarkt Nele Magnet. Sie begegneten sich von Angesicht zu Angesicht. Er sah sie als erster und glaubte seinen Augen nicht, dass er sie endlich gefunden hat.

Er grüßte sie mit Freude. Er war bereit sie zu umarmen und mit Küssen zu überschütten. Aber machte nicht, denn ihm ging durch den Kopf »Sie gehört jetzt nicht zu mir. Wahrscheinlich hat sie Familie.«
»Bist du hier alleine?«, fragte er.
»Nein, ich bin mit meiner Tochter Leonie. Sie guckt für sich gerade hier Bekleidung an und ich warte auf sie,« verwirrt antwortete sie.

Es war schon Mittagszeit und er bot ihr an da im Markt in der Speisehalle etwas zu Mittag zu essen. In halber Stunde saßen sie zu dritt an einem

Tisch und aßen. Ohne sich von Leonie abzuwenden, betrachtete er sorgfältig ihre Hände, ihr Gesicht, ihre Haare, ihre Lippen, ihre Nase, ihr Lächeln. Während der Rede hörte er ihr aufmerksam zu.

Als Thomas Mineralwasser holte, fragte Leonie ihre Mama: »Mama, wieso guckt er auf mich unverwandt an?«

»Leonie, du bist sehr hübsches Mädchen. Vielleicht deshalb starrt er dich so an,« sagte ihr Nele.

Als sie vom Tisch weg gewesen waren, fragte Thomas sofort Nele unter vier Augen: »Nele, wie alt ist Leonie?«

»Sie ist vierzehn Jahre alt,« antwortete sie.

»Wieso hast du von mir verschwiegen, dass ich eine Tochter habe?

»Wie kommst du darauf, dass sie deine Tochter ist?«

»Nele, sie ist wie aus meinem Gesicht geschnitten. Warum bist du damals ohne mir etwas zu sagen, weggegangen? Vor Zehn Jahren ist meine Frau Annika im Busunfall während der Reise ums Leben gekommen. Seither lebe ich alleine. Meine Kinder sind schon erwachsen und haben eigene Familien.

Ich liebe dich bis jetzt. Leonie ist meine Tochter. Wir gehören zu einer Familie,« sagte Thomas.

»Das ist zu spät.«

»Verstehst du überhaupt, was du jetzt redest? Du hast mir meine Tochter genommen und sagst jetzt, dass es zu spät ist. Wahrscheinlich hast du eigene Familie, aber Leonie ist meine Tochter,« antwortete er mit Empörung.

»Ich und Leonie leben zu zwei. Ich war niemals verheiratet. Leonie ist alles, was ich habe.«

»Du hattest auch mich, aber du hast mich damals stillschweigend verlassen. Du weiß doch nicht welche Trennungsschmerzen ich damals erlebt habe.

Ab jetzt wird sowas nicht mehr passieren. Wir werden zusammen sein. Ob du willst oder nicht, gehe ich jetzt mit euch und nur der Tod wird uns trennen,« sagte er.

Claudia Bernstein

Während des Lebens gründete Joseph Bernstein ein privates Unternehmen und eine private Bank, die nach seinem Tod von seiner Ehefrau Claudia erfolgreich bis jetzt geführt werden.

Gemeinsam mit ihr leiten die Unternehmung Sohn Jakob und Tochter Sarah.

Viele Jahre half sie der chinesischen Familie von Nian und Li Kau-Schau-Pin.

Fabian und Nicole Wahl haben zwei Kinder und die ganze Familie arbeitet beim Unternehmen von Claudia Bernstein.

Schicksalspräger

Torsten Klein, Brendan Kram, Robin Fabel, Max Dunst, Holger Pappel, Lars Saite, Ernst Rüge und andere wurden vor Gericht gestellt und verurteilt.

Sven Mieder wurde wegen Ermordung mehrerer Menschen vom Mittäter umgebracht.

Konrad Rasche, Frank Krammer wurden von Mittätern umgebracht. Peter Krammer erschoss sich.

Olaf Heuer, Maik Gordon reisten für immer ins Ausland aus. Ihre Schuld an Mord von Konrad Rasche konnte nicht bewiesen werden, weil die Zeugen ums Leben gekommen waren.

Direktor der Commerzbank Lanz Weber wurde vom Mittäter erschossen. Direktor der Postbank Tony Weber wurde durch Autounfall umgebracht.

Roman Albino wurde von seinen Mittätern umgebracht.

Hauptbuchhalterin der Commerzbank Daniela König, Kaufmann der Bank Tadeus Essig, Kassiererin der Commerzbank Maria Prahm und der private Unternehmer Arnold Mais konnten wegen der Korruption vor

Gericht nicht gestellt werden, weil die private Unternehmer keine Aussagen gegen sie gemacht haben.

Laut des StGB von Kasachstan tragen Personen, die bestechen und die sich bestechen lassen, gleiche Verantwortung. Bei solchem Gesetz ist die Schuld der korrupten Beamten schwer zu beweisen.

Daniela König, Tadeus Essig, Maria Prahm und Arnold Mais haben durch die Beschaffung der Buntmetalle und ihr Verkauf an die Unternehmen von China Pech gehabt, weil das Geld für Erwerb des Hotels für Roman Albino ausgegeben worden war.

Mein Roman widme ich den Menschen, die
tagtäglich selbst ihr Leben
aufs Spiel setzen und die Rechte der anderen
schützen.

Zugleich widme ich das Buch den Menschen, die
während des Untergangs der Volkswirtschaft von
Sozialismus trotz allerlei Gemetzel und Blutbad
sowie anderer Schwierigkeiten in den 90. Jahren
ehrlich ihre privaten Unternehmen aufgebaut
haben.

Mein Roman beruht auf wahren Begebenheiten, die
die Menschen während der grausamen Jahren
erlebt haben.

Die Namen, Vornamen von Personen und
Unternehmen sowie der Ortschaften sind von mir
frei erfunden.

Zeitfracht Medien GmbH
Ferdinand-Jühlke-Straße 7
99095 Erfurt, Deutschland
produktsicherheit@kolibri360.de